代理月老的少女

燈貓——著
唯莎——繪

各界名家推薦

乍看是校園少女漫畫的定番，然後變成神怪奇幻，再加上校園怪談，交織成一盤讓人興致盎然的新菜。尤其角色之間種種欲言又止的因緣讓人心癢難熬，期待下一集！」

——Killer（奇幻愛情作家，近作《為你縫補的翅膀》）

「《代理月老的少女》乍看會以為是一齣描繪青春戀愛的輕鬆作品，讓主角為少年少女牽姻緣。然而作者在月老這設定上走出傳統框架，營造出如同米澤穗信「冰菓」系列的校園推理氛圍，通過主角如何追尋被牽紅線對象的身分及背後隱藏的真相，娓娓道出人們年少時難免會遇上的迷惘和不安，繼而導致無法彌補的遺憾。青春往往都是充滿追悔和遺憾，唯在前人拋下過往，重新出發的當下，能夠令今人有所領會，免蹈覆轍的話，豈不亦是一件美事？

——千藤紫（小說家，近作《虛擬相連：縈繞虛實的牽絆》）

目　次

CONTENTS

第一章　一失足成千古恨

「鈴——鈴——鈴——」

「鈴——鈴——鈴——」

「鈴——鈴——鈴——」

一大清早，能夠沐浴在一片清脆鳥語的美麗早晨中，固然是場令人神往的美好時光，可惜的是這般寧靜充其量不過是案發前的和平假象，如此神清氣爽的晨光時間還沒維持多久，很快地就被一聲巨響澈底破壞，惹得枝頭上嘰嘰喳喳的鳥兒們嚇得到處逃竄。

破壞早晨悠閒氣氛的聲響，很明顯來自於某間看起來再平凡不過的普通住宅，位於二樓的小房間此刻正不斷傳出一聲又一聲響徹雲霄的鬧鐘鈴聲，從響鈴不曾停歇的狀態來看，鬧鐘的主人似乎還沉浸於甜美的夢境當中。

廚房裡，一名婦人正拿鍋鏟煎著美味的荷包蛋，金色蛋黃在平底鍋中呈現最飽滿的美麗色澤，餐桌上烤得微焦的吐司散發出陣陣香氣，而那裝了冰涼牛奶的透明玻璃杯外圍則是開始形成諸多晶瑩的小水珠，沿著外壁緩緩滑落。

「鈴——鈴——鈴——鈴——」

「鈴——鈴——鈴——鈴——」

「鈴——鈴——鈴——鈴——」

眼看鈴聲沒有要停下來的跡象，婦人不禁開始皺眉，連帶著使用鍋鏟的那隻手力道也跟著變大，或許是因為鈴聲擾人容易使人產生焦慮，原本打算將荷包蛋翻面的她不知怎麼搞的，竟然就這樣一直站在原地瞪著荷包蛋瞧，直到它冒出濃濃焦味外加差點整個起火後才毅然決然關掉瓦斯，直接扔下鍋鏟衝到某個房間去。

「葉季玲！妳差不多該起床了吧？鬧鐘已經響很久了！」

婦人毫不猶豫直接踹開門，隨後雙手叉腰站在房間門口，怒視著試圖用棉被將自己的頭裹起來的少女。

「葉季玲，妳再不起床上學就要遲到了！要是妳每次都要我來叫妳才肯起床，那妳買鬧鐘是要幹嘛用的？一大早就在那邊鈴鈴響吵死人了，要是不小心把月下阿公吵醒惹祂生氣，以後妳三餐就自己處理！」

「嗯……」

好不容易才戰勝周公誘惑的葉季玲懶洋洋地從被窩裡伸出一隻手，以極度緩慢的速度按下放在床頭鬧鐘的按鈕，等確定自己真的不是在作夢後，她這才睡眼惺忪地坐在床上打起呵欠來。

「媽，事情哪有這麼嚴重啊。祂老人家才不會因為這點小事就生氣呢，神明要是隨隨便便就因為鬧鐘鈴聲把祂吵醒而大發雷霆，那就叫作度量狹小，都已經當神明了那不是應該更懂得什麼叫包容嗎？」

她揉了揉眼睛後，繼續補充道：「而且祂老人家說不定跑去哪逍遙了，在不在家還是個問題勒。」

「呸呸呸，囝仔人有耳無喙，毋捌就莫亂講！要是祂一氣之下將來求姻緣的人紅線通通剪斷，我看妳要怎麼負責。」葉季玲的母親往廚房方向走去，還不忘回頭大聲提醒她。「廢話少說，趕快起來刷牙洗臉吃早餐了。」

「知道了啦。」

葉季玲緩緩下床，心不甘情不願地往浴室移動。

呿，又不是呂洞賓，哪可能故意跑去剪別人的紅線啊。

她拿起牙膏，硬是在牙刷上擠了一大坨來洩憤，總算消了心頭那股無名火。

她，葉季玲，照理說現在應該是個全身上下散發出青春活潑氣息的標準女高中生，恣意揮灑青春的汗水才是她這年紀該追尋的理想與目標，與朋友們談論著自己心儀對象時臉上出現的嬌羞、以及不小心在轉角處撞到俊帥學長的浪漫相遇等等這些美好的邂逅與想像，不管怎麼說光是用想的就不禁讓人內心小鹿亂撞一番，而沉浸於這樣老掉牙的粉紅泡泡中不正是她這年紀該嚮往的一切嗎？

很抱歉，想像很豐滿，但現實很骨感。

以上說法純屬於想像，基於某種特殊原因，無論是電視上常演的偶像劇，又或者是漫畫小說裡該出現的必備老梗情節，葉季玲有絕對的自知之明，以上這些情況有百分之兩百的機率鐵定不會發生在她身上。

因為，她家裡供奉著一尊不分男女老少都會前來求姻緣的月老，而且好死不死的是據說在她三歲時，那個可惡的月下阿公竟然託夢給整個家族的人，說什麼她上輩子造孽太深，因此所有幫她綁好的紅線通通斷光光了，這輩子要是不想辦法積點陰德的話，恐怕無法覓得如意郎君。

只不過，光靠積陰德這點是不夠的，除此之外葉季玲還必須遇到一名貴人相助才行，否則，她會因為十四年後的一場小意外將她畢生累積的福分澈底消耗殆盡，一切又得重新來過了。

也就是說，她得再等福分累積到一定的量後才有機會求得姻緣。

葉季玲從懂事的時候起，就覺得整件事實在是有夠荒唐，嚴重懷疑這個他們口中的月老其實應該是詐騙集團才對，家族的人信以為真那就算了，竟然還要她從小就陪在阿嬤身邊學習如何替人解籤詩，藉此日後來累積福分。

她真的覺得很可笑，明明月老使用的紅線很有可能是黑心貨，憑什麼大家可以不求證就認為祂說的通通都是對的？

她不懂，真的不懂啊。

即便葉季玲對月下阿公的話仍心存質疑，而且一質疑就是十幾年，但日子照樣還是得過下去，反正她平常也閒來無事，解籤詩什麼的就當作平日的消遣吧，大不了等哪天她的桃花爆發時再指著月下阿公的鼻子罵混帳就行了。

葉季玲站在鏡子前，看著自己用紅色緞帶綁好的麻花辮，很是滿意地帶著笑容走出房間，準備迎接這一日當中最美好的開始。

只不過，當她來到餐桌旁拉開椅子坐定後，臉上的笑容頓時僵掉一大半，原本的好心情就像窗戶的玻璃碎成滿地星沙，一陣風吹來直接隨風而逝。

「媽！為什麼只有我的荷包蛋是煎焦的？」

傻眼的葉季玲盯著眼前自己吐司上頭幾乎有一半焦掉的「黑炭碎蛋」，緊接著再看看隔壁盤子上那鮮嫩美味的荷包蛋，她腦筋一轉，隨後拿起筷子想動點手腳，只是女兒的這點心思當娘的怎麼可能不清楚呢？

「煎焦的那份是妳的，不要想動妳爸的份。」葉季玲的母親迅速舉起鍋鏟指向對方，要她別輕舉妄動。「要怪只能怪妳自己太晚起來了，如果妳早點按掉鬧鐘鈴聲，妳的荷包蛋就不會焦掉了。」

「這跟鬧鐘鈴聲有什麼關係？」她抗議著。

「有！就是因為聲音太吵了，所以才害我分心！」

妳明明就是故意的。

葉季玲在心中嘀咕了幾句，即使內心有千百萬個不願意，她還是只能乖乖將眼前的早餐吃下肚，因為她知道自己老媽根本就是愛記仇出名，要是她不把煎焦的荷包蛋吞下肚，那麼之後她老媽鐵定餐餐拿燒焦的菜餵養她的五臟廟。

不，這真的是太恐怖了。她含淚咬下第一口，發誓自己絕對不能再得罪老媽了。

「很好嘛，妳還是挺聽話的。」葉季玲的母親微笑點點頭，很是滿意地轉身繼續煎她的荷包蛋。

「別忘了，今天放學後隔壁的王阿姨要來求籤啊。」

「知道了啦，還不就是要我負責解籤詩。」

葉季玲吞下最後一口吐司夾蛋，倒了杯開水來沖淡口中的苦味。

當葉季玲前腳才剛準備踏入教室，只見裡頭一名原本趴在桌上小憩的少女不知道為什麼突然抬頭，彷彿置好的天線接收到緊急電波般，她二話不說迅速站起、直接往葉季玲的方向衝去。

「季玲，昨天劉老頭派的數學作業妳一定有寫對不對？拜託啦借我抄一下好不好？我保證不會有下次了啦。」少女眼巴巴地望著葉季玲，閃閃發亮的眼睛頓時讓葉季玲覺得太過刺眼，有一瞬間她還以為自己不小心誤闖進少女漫畫中了。

「小蕙，請問妳有在我身上裝感應器嗎？要不然我還沒出聲妳怎麼知道我來了？」

葉季玲打開書包，抽出數學講義遞給她，彷彿這一切早已是家常便飯。

「喏，拿去，記得第一節上課前還來，我可不想被班導抓包。」

「安啦，人家劉老頭才不會那麼準時來上課哩。」徐小蕙俏皮地對她眨眨眼，「先說好，我可沒在妳身上裝感應器，之所以會發現妳來了，完全是靠我與生俱來的第六感呢！」

「妳當妳是偵探啊，還跟我瞎扯什麼第六感。」葉季玲笑著回答，還不忘作勢想海K她一頓。

徐小蕙是葉季玲在班上的死黨，據說她對人事物有「一目十行，過目不忘」的特殊本領，雖然這項絕技在讀書方面對她來說根本就是技能施放無效，不過由於徐小蕙從小就立志要成為一名記者，因此同時也練就了任何消息和八卦都逃不過她順風耳與千里眼的能力。

只不過，身為徐小蕙朋友的葉季玲卻從來不覺得她未來會跑去當電視新聞裡常見的記者，反倒認為徐小蕙成為狗仔的可能性還比較高些。

如果問葉季玲為什麼嘛，其實真正原因她也說不出來，單純只是直覺判斷而已。

「季玲，為了感謝妳的大恩大德，說吧，妳有什麼想知道的消息或八卦，通通來問我沒關係，我保證提供最新鮮的第一手資料給妳。」徐小蕙拍拍胸脯掛保證，彷彿全校的祕密她都掌握得一清二楚。

「不了，我還不至於八卦到想從妳那裡問出誰的事情來。」

第一時間，葉季玲想都沒想直接擺手拒絕徐小蕙的提議，雖然她和徐小蕙是死黨，但這並不代表對方不想知道關於自己朋友的任何八卦。

俗話說得好：天下沒有白吃的午餐。如果她真的跑去問徐小蕙關於某人的事，那徐小蕙旺盛的好奇心就會被再次挑起，到時對方一定會拼死拼活的想盡各種辦法挖出其中緣由、進而追查出自己為何會突然這麼問的原因。

葉季玲不是笨蛋，更不想被徐小蕙「舉一反三」的舉動逼得無路可走，因此最好的辦法就是想知道什麼祕密自己去查，這種不假他人之手的方法是最一勞永逸的作法。

「好吧，等妳想問時隨時歡迎妳來找我。」徐小蕙露出一抹意味深長的微笑後，緊接著便是興奮的神情。「對了季玲，妳知道嗎？就在昨天放學的時候，我們那個被封為『冰山王子』的學生會長項毅展，又再次打破拒絕女性告白的紀錄了。

「而且根據我精密的計算，這已經是他入學以來第兩百二十一次拒絕別人了。」

「……請問這數字妳究竟是怎麼統計出來的？還有，頭殼壞掉的女生才會跑去跟他告白啦！真搞不懂他的戰績已經如此輝煌了，怎麼還會有人傻傻地跑去當砲灰呢？是要被他當面拒絕才肯死心嗎？真是沒事找罪受。」

葉季玲拉開椅子坐下，還不忘咕噥幾句。「連鐵達尼號撞冰山都會沉了，那些人當真以為自己能感動冰山讓他自融嗎？說不定對方真正想交的不是女朋友而是好基友勒。」

在葉季玲模糊的印象中，項毅展是個足以風靡整個校園的風雲人物，除了擁有人神共憤的俊秀長相外，良好的家世背景與優秀的成績讓他的形象大為加分，儼然就是校園言情小說裡必然出現的男主角，雖然他個性冷漠、據說對女性的厭惡已經到了避之唯恐不及的地步，還是有不少瘋狂追求者給了他一個令人又愛又恨的稱號：冰山王子。

葉季玲對項毅展的長相記得不是很清楚，只知道對方的存在根本太小說設定了，之所以會對這號人物有一絲印象，純粹是因為她之前湊巧路過二樓窗戶時，看見位於一樓的項毅展正帶著來參訪的貴賓準備往校長室方向走去，要不是身邊的徐小蕙及時拉住她、說那就是傳說中的冰山王子，她可能會以為樓下傳來尖叫聲是因為發生了什麼隨機砍人案件。

幸好，葉季玲對項毅展這個人生平沒什麼好感，因此也沒有多大的興趣想知道任何關於他的事。葉季玲突然很慶幸徐小蕙之所以對項毅展感到那麼好奇，完全是出自於她天生具備的狗仔本能而非愛慕之意，否則依照徐小蕙的才能，她恐怕連對方內褲穿什麼顏色都查得出來。

就這樣，早自習時間很快就過去了，緊接而來的數學課讓班上泰半同學開始進入昏昏欲睡的狀態，下一堂的國文課更是開發了學生無窮的潛能，直接倒在桌上呼呼大睡、或者拿著筆假裝認真聽課其實是在打盹的特殊本領，都不禁讓還在努力和瞌睡大王奮鬥的同學感到嘖嘖稱奇。

繼早上下來一連串足以使人呵欠連連的課程之後，下午的音樂課就比較讓人提得起勁了，等午休時間一結束，教室內的同學紛紛拿起音樂課本，準備往音樂教室移動。

「季玲，快一點！現在這個時間正好是『非常時期』，再不快點就趕不上了！」

徐小蕙在午休結束的鐘聲響起的那一瞬間，馬上衝到葉季玲的座位開始對她大搖特搖，彷彿不這麼做的話對方不會醒來似的。「對於能否看見關鍵性的一刻，我的人生通通掌握在妳手上了。」

「徐小蕙，妳會不會太誇張，講得好像妳的人生大事一樣。」

葉季玲打起呵欠，伸了個懶腰後這才慢慢從抽屜拿出音樂課本，但她慢條斯理的動作卻讓急性子的徐小蕙忍不住一催再催，最後乾脆直接抓起她的手臂往教室外面衝。

對於徐小蕙的舉動葉季玲沒有多說什麼，那表情看似早已見怪不怪，只是任憑對方拉著自己往前走，雖然葉季玲心裡有著千百般不願意，但她最後還是乖乖跟著徐小蕙來到連接走廊等待。

照理說，今天下午有藝能科課程的班級應該不多才對，但不知道為什麼，距離上課前的這段時間走廊上一直有不少女學生在這附近走動，雖然三五成群的她們看似正忙著要趕到藝能科教室上課，但是如果仔細看，就會發現她們移動到走廊盡頭後，竟然神不知鬼不覺地折返回來。

很明顯，她們根本就是藉故在連接走廊上徘徊。

過沒多久，走廊另一端的盡頭突然出現一道修長身影，雖然那些不斷徘徊的女學生們依然假裝若無其事地繼續邊走邊聊天，但她們彼此卻有個共同點，那就是她們都會用眼角餘光偷瞄那抹等待已久的影子。

迎面走來的是名面容俊俏的男學生，雖然對方穿著制服，但這依然無法掩飾他那足以令在場女同學尖叫的挺拔身形，額前過長的髮絲幾乎快遮住他的右眼，在瀏海覆蓋下的明亮雙眸猶如深潭裡的一泓清泉，即使對方全身上下散發出一股冰冷氣息，他迷人的樣貌依舊讓人久久無法回神。

他就是有「冰山王子」之稱的學生會長項毅展，每個禮拜二到了這個時間，他們班就必須前往美術教室上美術課，唯一的一條捷徑是直接穿越一整排的高中教室，只不過項毅展這個人一向不是很喜歡人多的地方，因此他總是選擇繞遠路走連接走廊，為的就是要避開教室裡的學生時常會出現的不成文反應：每當有人路過教室時，教室內的人幾乎會不由自主向外投以注視的目光。

只不過，這個獨家內幕在經過幾個禮拜後，有一天不小心讓準備去上音樂課的徐小蕙撞個正著，因此徐小蕙的八卦資訊網又再添了一筆。或許是為了造福冰山王子的瘋狂粉絲，也有很大的機率可能只是單純想看好戲而已，徐小蕙秉持著「呷好逗相報」的信念，將這項消息偷偷在女性之間散播，進而導致現在的這種場面出現。

雖然女同學們對冰山王子有著崇拜與愛慕，但大部分的人還是不敢貿然行動或者公然表現出對他本人的憧憬，只因為她們有著一致的想法——

要是因為自己愚昧的舉動打擾到親愛的王子殿下那該怎麼辦啊啊啊啊啊——

當然，其中還是會有不少「敢死隊」前去挑戰，只不過變成砲灰的機率永遠高達百分之百，因此其餘女性依舊採取著儘量不干擾到本人的貼心策略。

對，沒錯，這裡所謂的「貼心」充其量也只不過是她們自認為的而已。

當項毅展離開後，周圍的女同學們紛紛作鳥獸散，很快地現場只剩下葉季玲和徐小蕙兩人，當初女學生聚集在這裡的目的儼然就是為了見項毅展一面。

「呿，什麼也沒發生嘛，真無聊。」徐小蕙一臉失望地望著前方，嘆了口氣後繼續說著：「本來想說能不能收集到什麼有趣的八卦，沒想到這禮拜又撲了個空……怪了，怎麼大家都變成乖乖牌了呢？看到男神出現當然就是要趕緊撲上去啊！」

「還撲上去勒，在妳眼中她們到底是有多飢渴啦？請記得這裡是學校好嗎！要是隨隨便便就有情報可以收集，那這世界就沒有祕密存在了。」

葉季玲揚了揚手上的音樂課本，決定結束這回合。

「喏，妳還要不要去上音樂課？再不走妳就自己一個人留在這吧。」

「喂，季玲，妳等等我啦！」

葉季玲假裝沒聽見徐小蕙的叫喊，二話不說轉身準備要離開，不料本人此刻卻沒發現周遭有了不一樣的改變，在無人知曉的情況下，她的腳邊似乎悄悄多了一樣東西。

說時遲那時快，當葉季玲伸出去的右腳終於意識到障礙物阻擋後，她整個人當下唯一能做的即時反應只有乾瞪著大眼，緊接著就是身子往前傾，呈現了一個飛撲的預備姿勢。

「砰」的一聲，葉季玲當場非常符合期待地直接被物體絆倒在地，連帶的裙子也因為她的動作瞬間被風掀了起來，可說是完美詮釋何謂跌倒。

「吼喲！痛死人了啦！」

已經十幾年沒摔過跤的葉季玲吃痛地撐起身子、努力從地上爬了起來，她也顧不得膝蓋上的擦傷，起來後的第一件事就是馬上四處張望，執意要找出害她摔跤的罪魁禍首，幸好葉季玲跌倒時現場只剩下她和徐小蕙兩個人，否則要是在剛剛那麼多人面前跌倒，她鐵定會羞得趕緊找個洞鑽進去。

「季玲，妳的膝蓋流血了耶，我們要不要先去保健室擦藥？」徐小蕙蹲下身檢查對方的膝蓋，雖然只有一點破皮，但多多少少還是會讓人感到憂心。

只不過，現在葉季玲可沒心情擔心這件事。

「嘖，奇怪了，這到底是什麼東西啊？」

彷彿有了世紀大發現，此刻葉季玲瞇著眼、仔細盯著眼前那條懸空於約腳踝高度左右的紅色絲線瞧，從她臉上的困惑來看，似乎完全無法相信這竟是害她跌倒的元凶，而一旁察覺到對方視線的徐小蕙也跟著轉頭，同樣將焦點放在那條詭異的紅線上。

紅線的兩端不知道分別被繫在何方，從它不時會出現的輕微顫動判斷，這兩端所綁住的物體很有可能一直在移動。先不論這條紅線的用途究竟為何，光是它憑空出現這點就足以讓人起疑與心生警戒了，然而向來因收集消息而見多識廣的徐小蕙第一時間眼睛一亮，她的狗仔本能馬上嗅到了一股不一樣的氣息。

「我敢說，我們剛剛來的時候應該沒有這條紅線才對。」

徐小蕙摸著下巴思考，很認真地開始研究起紅線來，壓根兒把葉季玲膝蓋受傷的事拋到腦後去了。「季玲，妳看看，妳不覺得這條紅線有些古怪嗎？怎麼顏色看起來……似乎有點淡？」

她輕輕用食指將線往下壓，等到放開時紅線彷彿具有彈性似的迅速向上彈了一下，不過如果仔細觀察，就會發現紅線的顏色似乎沒有一開始她們看見時那麼明顯，反而有種逐漸轉變成透明的感覺。

「不曉得這紅線是幹什麼用的，真好奇跟它綁在一起的究竟是什麼，季玲，妳說我們要不要順道跟著去瞧瞧？說不定會有新發現呢。」

徐小蕙心血來潮突然抓住其中一端用力拉，結果出乎意料的是她同樣也能感受到線的另一端似乎也有一股相同的力道正拉扯著她，讓她不由得猜想這條線的真正用途。

嘖嘖，看來這果然不是條普通的紅線呀。

第六感一向靈驗的徐小蕙不禁在心中盤算了起來。

如果它斷了，不知道會不會發生什麼事呢？

「管它是做什麼用的，我只知道我會跌倒都是因為它！」

與對方好奇的態度截然不同，身受其害的葉季玲此刻內心有著滿滿的怨言與怒氣，只見她雙手叉腰怒視著那條紅線，二話不說直接當著徐小蕙的面踏出右腳用力踩下、狠狠蹂躪一番。

「都是你、都是你、都是你！」就如同小孩子賭氣時會出現的行為，葉季玲憤而鼓起雙頰的模樣儼然就是想好好報復對方，完全沒想過這樣的行徑可能會招來什麼樣的後果。

小姐，妳這麼做不太好吧，要是它斷了，說不定妳得負起某些責任耶。

將一切盡收眼底的徐小蕙心裡默默地想著，只不過身為葉季玲好友的她並沒有出聲阻止對方，畢竟，有些事情她還是需要一些人來作實驗的。

只見葉季玲的腳狠狠踩在紅線上頭出氣一會兒後，一向走乖寶寶路線的她道德感頓時發揮起作用，她發覺自己的行為說真的似乎有點太超過了，於是便抬起腳打算放對方一馬，不料就在葉季玲的腳離開地表的瞬間，她突然聽見「啪」的一聲，這才猛然驚覺事情的嚴重性。

挖勒，這不是真的吧……

葉季玲在心中暗暗叫慘，等戰戰兢兢的她把腳挪開看個仔細後，她終於肯面對這殘酷的事實。

原本看似堅固的紅線，竟然輕而易舉地在她面前——

斷、掉、了。

「唉呀呀，我說季玲啊，妳把紅線弄斷了耶。」蹲在地上的徐小蕙由下往上抬頭望著她，臉上出現一個非比尋常的燦爛笑容。

「怎……怎麼了嗎？繩子斷掉又沒有什麼好大驚小怪的。」

「話可不能這麼說哦，妳知道一般而言『紅線』指的是什麼意思嗎？」徐小蕙笑得十分詭異，「它代表的可是姻緣和緣分呢。」

「那、那又怎樣……這和那是兩碼子事吧？」

「不不不，妳這話說得可就不對囉。妳想想看，現在妳把紅線弄斷了，也就是說，妳弄斷的有沒有可能這麼湊巧就是妳自己的紅線呢？」

「哪、哪有可能啊……那不過是條普通的紅線而已，更何況它又沒有綁在我身上，怎麼可能會是我自己的紅線……」

葉季玲緊張地吞了吞口水，不自覺後退了一步。

雖然葉季玲本來就對自己未來的終身大事不抱任何期待，但這並不代表她承認自己以後一定找不到對象啊，況且姻緣什麼的那種話聽聽就好，徐小蕙說得那麼認真反而容易令人起疑吧？

對，沒錯，徐小蕙絕對是在嚇唬她的。

葉季玲一次又一次地努力說服自己。

徐小蕙不單純只是個八卦天王而已，其實私底下她還是個極為可惡的腹黑女，她一定是為了看自己驚慌失措的模樣才會故意這麼嚇唬人的！

「醜話先說在前頭，我可沒有喜歡嚇唬他人的惡趣味哦。」

徐小蕙蹲在地上，用手拾起斷掉的紅線頭。「妳仔細瞧瞧，紅線的顏色是不是越來越淡了？由此可推斷這絕對不是條普通的紅線，既然如此，那這有沒有可能就是傳說中『千里姻緣一線牽』的紅線呢？

「嘖嘖，季玲啊，先不論這條紅線是誰的好了，紅線斷了就表示緣分沒了，即使這是別人的紅線，但妳不小心把它弄斷了，根據漢摩拉比法典裡『以牙還牙，以眼還眼』的規則來看，妳必須付出的代價啊——

「看來就是這輩子註定得孤老終生囉。」

孤、老、終、生?!

不管徐小蕙說的話有沒有道理，「孤老終生」這四個字瞬間在葉季玲腦海無限放大，而且她好死不死剛好聯想到小時候母親告訴過她關於月老託夢的事，葉季玲這時候終於了解到什麼叫作「一失足成千古恨」了。

不會吧，難道這一切都是真的?

不可能不可能不可能，她絕對只是在作惡夢而已!

不死心的葉季玲趕緊伸手用力捏一下自己的臉頰，想要確認這些是否屬實，不料徐小蕙卻搶在她動作前澈底粉碎這一切都是夢的謊言。

「這些都是真的呦——」

徐小蕙特地把最後一個「呦」字拉長尾音，企圖要讓葉季玲面對最殘酷的現實，而這方法也確實奏效。

「葉季玲，請妳勇敢面對真相，妳就認命當一輩子的老姑婆吧。」

「根據籤詩的說法，妳最近有機會透過朋友介紹或參加聚會認識到不錯的異性，而對方其實對妳還蠻好奇的，建議妳不要害怕改變、主動拓展自己的生活圈，說不定妳會發現原來自己比想像中還要來得有魅力。」

此刻，葉季玲身穿唐裝，站在神桌旁的她手上拿著一紙籤詩，而正對面站著的是一名面露焦慮的女子，等聽完葉季玲解詩的結果後，對方原本緊皺的眉頭終於舒展開來。

「意思是說只要我積極一點，就有機會找到對象囉？」女子興奮問道。

「沒錯，月老就是這麼說的。」葉季玲微笑如是說。

沒錯，現在葉季玲的身分是解籤人，而這也是她每日放學後的工作。

其實，她們家供奉的月老歷史已有百年之久，從古至今一直都是香火鼎盛，需要解籤的人自然不算少數，要不是因為葉季玲現在開學了，以及有部分親戚幫忙擋著，這點零碎時間根本拗不過那麼多信徒想覓得好姻緣的熱烈請求。

原本葉季玲在升國中以前她奶奶還會幫忙應付眾多信徒，只是近年來她老人家推說自己年歲已高、不適合再這麼操勞下去，因此接下來解籤詩的重責大任便通通落在葉季玲一個人身上了。

其實解籤詩這件事說難不難，說簡單也不簡單，只因葉季玲家的籤詩向來比較特殊，她們家每張籤詩的文字都是用毛筆親自寫出來的，有時內容還會因時代、風俗習慣與趨勢的不同而有所改變。

據說，這些改變及籤詩的內容都是依據月老的指令行事，每隔一段時間，便會有家族的人夢見月老託夢，說明哪幾張籤詩需要做增補或淘汰，要他們趕緊告知葉季玲一家人。

只不過，葉季玲打從出生到現在根本沒遇過半次什麼月老託夢這等事就是了，這不禁讓她開始懷疑月老的選擇絕對有所謂的「偏心」，因為就連她那愛記仇的老媽都夢過了，葉季玲真的搞不懂為何祂老人家有事都不直接來找她，硬要找其他人幫忙傳話。

好歹她負責解籤那麼多年了，不管怎麼說，光是論人品她至少比自己老媽還值得信賴吧？

送走隔壁的王阿姨後，葉季玲二話不說直接一屁股坐在太師椅上，只見她非常不淑女地翹起二郎腿，隨手拿了把放在神壇上的大扇子拚命搧風，用髮簪盤起的頭髮垂下幾根髮絲，隨著滑落的豆大汗珠緊貼住她的雙頰。

對，現在的葉季玲真的覺得很煩、很熱，她搞不懂為何每次解籤詩的場合自己就必須穿得跟古人一樣，其實穿唐裝已經是她妥協後的結果了，原本她阿嬤之前還堅持她一定要穿那種看似輕飄飄、實際上熱死人不償命的古裝。

千萬不要告訴她這也是月下阿公託夢的指示之一，不然葉季玲絕對會罷工給祂老人家看！

「葉季玲，妳可不可以好好維持一下月老發言人的形象？要是突然又有人上門被他們撞見妳這副德性，鐵定會以為妳是來斂財的。」

葉季玲的母親從廚房走出，看到自家女兒的模樣後不禁搖搖頭，將手中那盤切好的蘋果放在桌上。

「吃點水果消消暑氣吧。」

葉季玲憤憤地挑了一塊蘋果切片放入口中，隨後又毫不客氣地塞了幾塊進去，口齒不清的她已經處於不耐煩狀態。

「媽，都什麼年代了，以後解籤詩時可不可以不要穿成這樣？夏天到了很熱耶！」

「不行，規矩就是規矩，這沒得商量，要不然妳去跟妳阿嬤說說看。」

「阿嬤一定會說不行啊。」

「那妳覺得跟我講會有用嗎？妳還是乖乖認命吧。」

「那至少在廳堂裝個冷氣吧？」

「沒錢。」

「……妳是存心想熱死我嗎？」

「誰叫妳上輩子造孽太深，搞得自己這輩子連個豔遇的機會也沒有，妳要知道，妳現在所做的一切都是為了妳未來的幸福著想耶，如果不想一輩子都嫁不出去，就不要在那邊討價還價。」

「是是是，一切都是我自作孽不可活，我乖乖認命總行了吧。」

葉季玲將整盤水果一掃而空後，放下大扇子直接往自己的房間走去。

「待會兒就要吃晚飯了，可別睡著啦。」

「知道了。」

真是的，嫁不出去真的有這麼嚴重嗎？現在的人還不都晚婚或當單身貴族，一個人也可以活得精彩自在啊，況且等她到了三、四十歲時，應該就已經有對象了……吧？

雖然葉季玲對於自己母親說的話很想充耳不聞，不過她難免還是會有那麼一丁點在意，即使她現在才高中生而已，但未來的事誰也說不清，要是她真的跟月老說的一樣姻緣通通斷光光，連個心動的對象也沒有，那麼嫁不出去她倒也無所謂，只怕街頭巷尾的那群三姑六婆又開始嚼起舌根，那才是她真正害怕的事。

不行，她絕對不能讓自己成為話題的對象！

就在葉季玲憤憤打開房門的同時，她看見一名穿著古裝、留著雪白鬍子的老人正悠閒地坐在書桌前的椅子上，布滿皺紋的雙手拄著一根用金絲楠木製成的淺金色拐杖，笑咪咪望著她的模樣看起來親和力十足。

原本這看起來沒什麼大不了的，但重點是——

葉季玲根本就不認識他啊！

雖然她平時都大喇喇到不拘小節的地步，但這不代表她不會有所謂的閨房隱私啊！

現在，葉季玲腦海瞬間閃過兩個方案。

第一，大聲尖叫喊有色狼。

第二，擒賊先擒王，二話不說直接先發制人。

只不過，還沒等到葉季玲的腦袋運作完畢，眼前的老人頓時開口率先打破沉默。

「妳不必尖叫或者衝上前把我壓制在地，我不會對妳怎麼樣的，雖然大部分的壞人台詞都是這麼說，不過妳就姑且相信一次吧。」

老人笑著，「季玲，我想妳一定很好奇我是誰，只要妳願意，其實妳可以跟妳母親她們一樣直接稱呼我月下阿公。

「或者，叫我月老也行。」

「蛤？月老？」

頃刻間，葉季玲忽然有種晴天霹靂、不小心被雷打到的感受，從她張著嘴巴的訝異程度來看，都不禁讓人懷疑她的下巴是不是快要掉下來了。

葉季玲直覺判斷，要嘛就是她正在作噩夢，要嘛就是對方腦子出問題在「練痟話」。這十幾年來，那可惡的月下阿公死都不肯託夢給她，現在突然出現在她面前她會相信才有鬼啦！

「相不相信我說的話這可交由妳來決定。」月老摸摸自己的鬍子，彷彿猜到葉季玲此刻正在想什麼。「只不過，妳弄斷別人紅線的事我總不能睜一隻眼閉一隻眼吧。

「天知地知妳知妳的朋友知，身為姻緣代言人的我沒道理說不知道吧。」

……不會吧，為何對方會知道今天她在學校弄斷紅線的事？難道他真的是傳說中大名鼎鼎的月老？等等，該不會月老其實是跑來跟她討債的吧？

「你你你你你……飯可以亂吃，話可不能亂說哦！況且，你要怎麼證明自己就是月老？總不能隨便說說就要我相信吧？」

葉季玲理直氣壯地指著對方的鼻子，想要藉由氣勢震懾住眼前的老人，不料卻因為自己一時心虛導致整個氣勢的威嚇程度大打折扣。

……怪了，她怎麼有種自曝其短的感覺？

「呵呵呵，這還不簡單，我現在就給妳兩種選擇吧。」

月老摸了摸鬍子，笑起來的模樣有一瞬間葉季玲真心覺得和狡猾的老狐狸沒啥兩樣。「信我者得永生，不信我者孤老終生。妳要哪一種呢？」

「……好吧我相信你。」

第一次，對於語帶威脅竟然毫無反抗能力的葉季玲含恨向月老舉白旗投降。

為什麼從來沒有人告訴過她月老的心可以黑成這樣？民間故事中慈眉善目的善良形象根本就是騙人的好嗎！她以後再也不要相信小時候看過的故事了啦！

「唉呀，沒想到妳竟然這麼乾脆，真是聽話的好孩子。」

月老滿意地點點頭，似乎對葉季玲的反應很是歡喜，但這個舉動看在對方眼裡完全就是一整個怒火中燒。

葉季玲發誓，等到她的姻緣點數累計到可以兌換獎品時，她絕對要拿母親最拿手的「黑炭碎蛋」天天祭拜祂。

「……敢問月下阿公屈尊至此究竟有何貴幹？」

「傻孩子，瞧妳問這什麼蠢問題，我當然是專程前來解救妳的剩女危機啊。」

剩你的大頭鬼啦！我才高中就被叫做剩女那叫那些三、四十歲依然待字閨中的人情何以堪！還有，這種貶抑的詞彙你不要亂學！

葉季玲花了好多力氣在內心極力說服自己要敬老尊賢、小不忍則亂大謀等諸多道理後，這才勉強忍著滿腔怒火努力堆起一個勉強算是和善的笑容。「那請問月下阿公，我究竟該怎麼做才能度過這次的危機呢？」

「唉，妳終於問到重點了。我說妳呀，都這麼大的人了，別人都是手犯賤，妳的腳怎麼偏偏就這麼不聽話呢？自己走路不長眼就算了，竟然還怪到其他事情上，看來妳的劫難根本就是命中註定嘛。」

月老嘆了口氣，完全無視葉季玲藏在身後那蠢蠢欲動的拳頭。「為了收拾妳自己留下的爛攤子，妳必須全權負責以彌補自己的罪過才行。」

「負責？要怎麼負責啊？」

「這有什麼好問的，當然是以身體來還債囉！」

「……去死吧你這個老色鬼拎北我最好會用身體還那該死的孽債啦！」

第二章　月老代理人出擊！

到了第二天早上，葉季玲基本上是頂著兩圈貓熊眼邊走邊打呵欠到學校，要不是因為路上的行人大多被教導過「不能隨便盯著對方瞧」，否則依照葉季玲的行為與模樣大概早已成為今古奇觀。

就在昨晚她親耳聽見月老說要她以身體還債時，她二話不說直接舉起一旁的桌子差點整個砸下去，管它什麼敬老尊賢，即使是神明只要是色鬼她勢必通通一手殲滅！

就在葉季玲準備大義滅親之時，月老突然用一種非常鄙夷的眼神看向她，彷彿這一切的發生千錯萬錯通通都是葉季玲的錯。

「嘖，這年頭的小孩思想還真是邪惡啊，瞧妳要胸沒胸要腦沒腦要長相沒長相的，用膝蓋想也知道怎麼可能讓妳去幹特種行業的勾當，這根本就是在破壞行情嘛！能請妳不要這麼自我感覺良好好嗎？」

搞了老半天，葉季玲這才明白原來月老所謂的「用身體還債」根本不是她所想的那回事，他指的其實是要葉季玲身體力行，竭盡所能幫廣大虔誠的善男信女牽姻緣，以彌補她把別人紅線弄斷的重大過失。

當然，拒絕的前提是她將會成為沒人要的老姑婆，而且這將會是她搶救自己姻緣的最後機會。

也許是基於不想孤老終生的該死念頭，葉季玲到底還是硬著頭皮答應了，也對於自己的沒骨氣有著萬分感慨。

只是，她萬萬沒料到成為「月老代理人」竟然會這麼——

宇宙霹靂無敵超級想幹譙的啦！

那該死的月下阿公竟然對她唸了一整晚的「月老教戰守則」，連晚飯也不給吃，直到遠方天空翻起一抹魚肚白後才終於放過她。

葉季玲發誓，月下阿公絕對是為了報復她的行為才決定這麼做的。

從那一刻起，葉季玲便在她的人生準則上明明白白的註記一條重要事項：絕對不能得罪神明，尤其是心眼比芝麻還要小的超腹黑月老。

抱持著對月老的無限怨念，葉季玲一臉睏倦地踏進教室，而她猛打呵欠的模樣倒是完整地映入徐小蕙眼中。

「季玲早安啊，看來妳昨晚睡得不是挺好的，該不會月老真的到妳夢中逼妳要負起責任吧？」徐小蕙笑得多麼燦爛，看在葉季玲眼中就有如亮光般多麼刺眼，如果可以的話，她真想直接劈哩啪啦地向徐小蕙道盡她被月老強迫奴役的辛酸過程。

只是——

這種汙衊神祇的話不管是誰講出來對方最好會信啦！

如果換作是自己，有一天有人對她說出月老逼人打工還債的悲慘實例，那麼她鐵定會建議對方去做精神鑑定。

既然如此，那她豈不是只能將苦水硬往肚子裡吞？不行啊，要是她未來哪一天不小心過勞死，那麼不就沒有人替她揭發黑心雇主如何逼迫清白少女賣命當苦力的黑幕了嗎？

不行不行不行，她說什麼也絕對不能讓悲劇發生！可是她又不想被徐小蕙當成神經病啊……

就這樣，看著葉季玲抱頭蹲在角落不斷腦補的行為，徐小蕙不自覺嘖嘖了兩聲，摸著下巴思考的模樣儼然就是一副賭桌上準備出老千的狡猾老狐狸。

「我說季玲啊，還債請加油。」

「蛤？」葉季玲瞪大眼睛抬起頭，恰巧對上徐小蕙的視線。

「妳剛剛說什麼？」

「我說還債加油。」

「……妳妳妳妳怎麼知道我被月下阿公強迫打工還孽債？」

「這有什麼好稀奇的，連學校懷生社的狗都動不動想和人跳探戈了，區區的月老逼債根本不足為奇。況且，我又沒有說我知道，是妳表現出『對，我就是蠢我就是笨我就是活該被壓榨』的可憐模樣，所以我猜想應該就是這麼一回事了。」

聽著徐小蕙超乎常人的精闢解析，雖然乍聽之下還有那麼丁點說不上來的怪異感，不過葉季玲對她的欽佩可說是迅速爬升。

「小蕙，妳知道那該死的月下阿公是怎麼逼迫我下海的嗎？那個卑鄙無恥加三級的超腹黑心機老人！」

彷彿情緒的宣洩終於找到合適的管道，葉季玲幾乎是激動地抓著徐小蕙的肩膀不放，從她慷慨激昂到義憤填膺的言論當中，可以發現葉季玲對月老可說是擁有無止境的絕對恨意。

嘖，這樣真的好嗎？小心偷說別人壞話遭到對方報復哦——

已經被搖晃不下數十次的徐小蕙默默將頭轉向另一邊，非常淡定地思考著。

只不過，身為朋友的她並不打算進行勸諫就是了。

「話說回來，月老有告訴妳該如何還債嗎？」

「當然有！我看那陰險的傢伙八成早就計畫好一切了！」

葉季玲憤憤地從書包抽出一本厚厚的粉紅色手冊，豪不避諱地將它充滿羞恥感的封面秀給徐小蕙看。

就算是你也逃不過我戀愛小魔女的手掌心呦～啾咪♡

「我敢打賭月下阿公有高達百分之九十的機率被穿了。」葉季玲鐵青著臉，用顫抖的食指指著封面那名拿著愛心手杖的魔法少女。「神明如果穿Prada或NuBra這些我都能接受，但是現在的神明也開始流行看動漫了嗎？小蕙，妳說我其實是在作噩夢對吧？對吧？對吧？」

「很遺憾，我只能告訴妳這些都是真的。」徐小蕙摸了摸下巴，盯著封面研究一番後，緊接著瞟了葉季玲的身材一眼，用很是憐憫的目光看向對方。

「而且我還能告訴妳，根據『封面決定論』，我判斷月老對於嘉南平原向來很有意見，要不是因為弄斷紅線的人是妳，臺灣第一高峰應該才是祂的首選兼摯愛。」

「……呵呵很抱歉我天生就是發育不良，由我不小心弄斷別人紅線這件事還真是委屈祂老人家了啊。」

葉季玲翻了一個超級大白眼，忍住衝動後才沒將封面澈底撕了個爛碎。

蒹葭蒼蒼，白露為霜。所謂伊人，在水一方。
溯洄從之，道阻且長；溯游從之，宛在水中央。
蒹葭淒淒，白露未晞。所謂伊人，在水之湄。
溯洄從之，道阻且躋；溯游從之，宛在水中坻。
蒹葭采采，白露未已。所謂伊人，在水之涘。
溯洄從之，道阻且右；溯游從之，宛在水中沚。

課堂上，國文老師正以頗具磁性的嗓音，輕輕朗誦著這首千古傳唱的抒情之作，那抑揚頓挫的溫和語調中，潛藏著一股若有似無的柔情，反覆輕頌著那段不可觸及的深情企慕。

班上的女同學們紛紛陶醉在老師具有魔力的聲音及〈蒹葭〉所表現出來的無限想像當中，然而，現場有一個人對外界的干擾不為所動，不但逕自對著擺在桌上的書本皺眉頭，甚至有股莫名的殺氣悄悄從她身上散發出來。

不，正確來說，啟動她暴力開關的是擺在桌上的手冊才對。

任務：跨越物種的戀情——人魚姬的禁忌之戀

任務期限：三周後的申時

地點：學校

對象：人魚姬、人類

內容：請替雙方綁上紅線，以製造彼此進一步接觸的機會。

注意事項：呵呵妳要是失敗就等著母胎單身一輩子吧

這是葉季玲翻開手冊後，壓抑住內心千萬隻奔騰的草泥馬勉強閱讀出來的句子。

……你以為是在玩ＲＰＧ接任務嗎？人魚姬和人類指的到底是誰好歹也說清楚好不好？最重要的一點是你根本沒教我紅線怎麼綁還有到底要綁在哪裡啊啊啊啊啊啊！

瞪著手冊的任務內容，以及桌上那一大坨月老硬是塞給她看起來不怎麼優質的紅線，葉季玲此時此刻終於忍不住想仰天長嘯——

月下阿公你這個宇宙無敵超級大混帳！

葉季玲手上那本極具羞恥感的螢光粉手冊，是月老唸完一整晚的「月老教戰守則」後連同紅線一起交給她的，葉季玲要做的工作是扮演好月老代理人的角色，只要翻開手冊便能得知當日所要進行的事項為何。

據月老的說法，只要葉季玲如實完成祂老人家所交辦的項目，不但可以將功贖罪，順帶附加的桃花值累積將會決定她未來的美好姻緣。

這些聽起來像是「一兼二顧，摸蛤仔兼洗褲」的好消息確實讓葉季玲很心動，但同時卻也衍生出另外一個問題——

她到底要當多久的苦力才有機會達到功德圓滿的境界啊！

這個疑問葉季玲不敢去猜想，也不想得到明確解答，更別說是進一步思考交由對方指派的任務難度有沒有可能各個都是ＳＳ級，因為她眼前就有一個頗為棘手的問題需要被解決，那就是：月老什麼都沒教再加上這有如謎般的神諭內容她一個人最好有辦法順利達成任務啦！

從這一刻起，葉季玲深深明白到古人所謂「一失足成千古恨」並不是沒道理的，她葉季玲這輩子終於體會到「一踐終情」的代價究竟有多高了。

很快的，這堂國文課就在葉季玲面臨雙重煩惱的憂慮下度過，當她聽見下課鐘聲響起的那一瞬間，有如接收到特殊訊息的貓立刻從座位上彈起，二話不說緊抓著坐在附近的徐小蕙不放。

「小蕙，我們兩個是朋友對吧。」葉季玲睜著水汪汪的大眼，彷彿要對方立下終身誓般，將月老派給她的任務秀給徐小蕙看。「為了我將來的幸福著想，妳能不能協助我完成這該死的任務？我保證以後妳想知道什麼事我通通都告訴妳。」

「嘖，這個條件聽起來確實挺令人心動的，雖然我很想幫妳，不過這件事可由不得妳作主呦。」

徐小蕙笑得十分燦爛，接下手冊的她伸手指向內頁某一個角落如螞蟻般大小的毛筆字，而這一指頓時讓葉季玲覺得人生由彩色變成黑白，人生僅存的一線曙光澈底棄她而去。

P.S.天機不可洩漏，要是找其他人幫忙被我知道，任務一樣算失敗呦～

天你個大頭鬼啦！我看你存心就是找碴要我嫁不出去！還有你把備註寫得那麼小我最好會看到啦！這一定是詐欺、詐欺、詐欺！

即使葉季玲現在心裡有無數國的髒話開始輪番問候，但是敢怒不敢言的她還是只能默默接下徐小蕙遞給她的手冊，開始煩惱下一步該如何是好。

畢竟，她都已經上了賊船了，臨時跳下海大概也只有淹死的份而已。

「說到人魚，第一個聯想到的應該是水才對，那麼學校裡人魚出現機率最高的地點應該就是游泳池了吧，真好奇童話故事中的人魚公主到底長怎樣呢。」

徐小蕙單手托腮、望著窗外的藍天喃喃自語道，然而眼神卻是飽含笑意地瞥了葉季玲一眼，似乎是給毫無頭緒的葉季玲一個小小暗示。

第一時間葉季玲還無法會意出徐小蕙話中的意涵，但經過幾秒鐘的當機後，她隨即恍然大悟、馬上用感激的神情看向徐小蕙，緊接著將必備工具塞進隨身攜帶的小包包後迅速衝出教室，準備出擊！

只不過，事情的發展永遠沒有想像中順利，當葉季玲衝出教室準備轉彎的那一瞬間，她就知道自己鐵定ＧＧ了。

那是一股夾雜著少許清新氣息的淡淡檀木香氣。

當這股熟稔的氣味沁入鼻尖的同時，葉季玲的臉已經距離對方不多於五公分了。

「啊」的一聲頓時非常清晰地傳入葉季玲耳中，當中似乎摻雜著少許驚呼，不過這些對葉季玲來說並不是什麼值得留意的大事，因為真正令她驚豔的事還在後頭。

「妳沒事吧？」

當葉季玲因強烈撞擊吃痛地跌坐在地上時，一隻纖細且白皙的玉手伸到她面前，猛一抬頭，映入眼簾的是一名有著一頭美麗棕褐色長髮的少女。

微捲的蓬鬆髮尾披至肩頭，細長而柔美的眼睫毛及明若深潭的眼眸有如洋娃娃般美麗且精緻，修長的美腿套著貓咪造型的黑色膝上襪，只要看過一眼不管是男性還是女性都會有種魂魄被瞬間吸走的錯覺。

因為——

對方根本就是名超級美少女啊啊啊啊啊啊啊！

「抱歉，是不是傷著妳了？」

見葉季玲沒有任何反應，少女索性蹲了下來、伸出手來撫著對方的臉，看起來似乎有些擔憂，畢竟方才葉季玲撞到自己時力道並不小，現在魂不守舍的模樣不禁讓人擔心是不是有哪裡受傷了。

「……啊啊啊啊啊我沒事我沒事！撞、撞到妳真的很對不起！」

終於意識到自己一直盯著對方看還看到出神的葉季玲瞬間從地上彈起，染上雙頰的紅暈與燥熱讓她羞得拚命用手遮住自己的臉，深怕對方發現她的窘態，卻沒料到自己竟然連話也說得結結巴巴。

完蛋了，這下真的是羞死人了啦……葉季玲內心的OS不斷瘋狂吶喊，她開始考慮自己是否該像少女漫畫的女主角那樣摀著臉趕緊逃離現場。

或許是因為看見葉季玲熱得發燙的耳根子與弄巧成拙的傻勁，少女露出會心一笑後摸了摸對方的頭以示安慰，留下一時之間還反應不過來的葉季玲，逕自往當初前行的方向而去。

然而呆愣在原地的葉季玲還是久久無法回神，就這樣直挺挺地站在走廊中央望著少女離去的美麗背影，完全沒注意到周圍開始有人紛紛對她投以莫名的敵意，直到某個聲音自耳邊響起她才嚇得趕緊將魂魄歸位。

「唉呀呀，我還想說妳怎麼還站在這裡，沒想到妳竟然有本事撞到我們學校的隱藏版人物，看來妳這陣子可說是鴻運當頭啊。」

徐小蕙聲音甫一落下，葉季玲馬上察覺到對方話中有話，再加上徐小蕙不斷摩挲下巴的老狐狸招牌動作，這點就讓她更加確信自己的第六感是正確的。

「她是我們學校的學生嗎？」葉季玲疑惑地看向徐小蕙，「這種堪稱校花級的美女漂亮到連我都差點心動了，在男生之間一定很受歡迎才對，不過我怎麼對她一點印象也沒有呢？」

「那當然，都說是隱藏版人物了，幾乎生活在桃花源不與外處接觸的妳怎麼可能有印象呢？如果連妳都有辦法知道對方的存在，那想必一定是地震或海嘯那種等級的震撼消息了吧！」

徐小蕙隨後豎起一根食指輕壓太陽穴，彷彿是從資料庫中檢索自己想要的資訊。「徐柚華，被男性師長及同學奉為『國民女友』、『裏神界的維納斯』，是傳說中神龍見首不見尾的學生會副會長，也是學生會長項毅展的青梅竹馬，更驚人的是她貌似為項毅展唯一肯接近且不排斥的女性。

「不過由於長年旅居國外，再加上身體自幼孱弱的緣故，所以大部分的時間基本上不會在學校出沒，徐柚華的身影之所以會曝光，是因為暗戀項毅展的瘋狂粉絲有一次意外拍到兩人同進同出同一輛轎車的照片，她的長相馬上在一夕之間成為各大ＳＮＳ平臺的熱門話題、歷久不衰的女神傳說。」

「……徐小蕙雖然我很感激妳提供的最新資訊，不過我怎麼覺得妳比較像是在締造傳說而不是陳述事實？」葉季玲忍不住開始吐槽，卻看見徐小蕙露出極盡曖昧的笑容擺動起食指來。

「NONONO，親愛的季玲，我所說的一字一句通通純屬事實，妳若不信的話可以往四周看一下，到時妳就會發現我說的就是真理。」

雖然葉季玲覺得徐小蕙根本一整個在唬爛，不過好奇的她還是聽了徐小蕙的建議轉頭看了周遭一眼，結果不看還好，一看就嚇得她趕緊往徐小蕙的方向蹭去。

怪了，她是有做什麼對不起大家的事嗎？要不然自己怎麼好像成了全民公敵呢？

葉季玲的腦袋開始迅速運轉，即使是死也要絞盡腦汁找出她對不起大家的原因，否則哪天她死得不明不白九泉之下一定會死不瞑目啊！

沒錯，就在經過徐小蕙「善意的提醒」後，遲鈍的葉季玲這才發現周圍有好幾道殺死人不償命的恐怖視線不斷落在自己身上，不管是路過還是在進行手邊事務的男同學們，不知道為什麼通通站在原地死死地盯著葉季玲看，眼神冷得直令人發毛，要不是因為眼睛無法發射出雷射光，現在的葉季玲恐怕早已千瘡百孔死了好幾回了吧。

「……我有做什麼對不起大家的事嗎？否則他們幹嘛用那種眼神瞪我？」葉季玲整個人直接死死的巴在徐小蕙身上不下來，深怕只要一離開徐小蕙自己很有可能就會慘遭不測。

「有，因為妳撞了他們神聖不可侵犯的聖母瑪莉亞。」

「……就只是因為這樣？我又不是故意撞到人的！難道全天下的美女都禁不起被人撞嗎？」

葉季玲聞言後氣得直跺腳，開始惡狠狠地環視周遭的無聊生物，用除了鄙夷之外還是鄙夷的目光怒瞪回去，完全沒了先前的那股怯懦。

「不，正確來說不是因為妳撞了徐柚華，而是全天下男人除了項毅展及她爹外妳是第一個和她有過肢體接觸的人，然而這是他們想要卻無法觸及的偉大夢想，偏偏妳輕易達成了，所以他們恨死妳了。」

「……這種該死的王道設定劇情不要隨便拿來和我相提並論！」

第三章　渴望化成泡沫的人魚

啪啪、啪啪。

水面濺起白色水花。

如同泡沫般，隨著一波又一波的漣漪，悄悄起舞。

最後，美麗的影子消失，水面終於平靜。

止於一切平息。

啪啪、啪啪。

人魚姬渴望王子的愛，最後卻選擇化為泡沫，放棄了那份本該屬於她的幸福。

活著，並不表示快樂。

如果幸福必須以愛人的命來做交換，那麼，這樣的幸福又能代表著什麼呢？

這麼看來，也許消失才是她最好的選擇。

少女微笑，再次遁入水中。

赤裸的雙足輕輕滑開冰冷水層，看似輕盈，殊不知套了個無形的枷鎖，讓她無法輕易離開這充滿禁錮的世界。

去吧、去吧。

少女向下潛行，試圖游到那深不可測的領域。

什麼時候，她才能回到屬於自己的世界？

啪答、啪答、啪答、啪答、啪答——

在這輕鬆悠閒的下課時間裡，一陣由遠方傳來的腳步聲正急速往體育館方向前進，那看似紊亂卻極具節奏感的步調任誰看了都會忍不住多瞧幾眼，甚至有在操場練田徑的同學一時好奇拿起測秒器觀察，結果猛然得到一驚人的數據。

畢竟，在這片刻休憩下要看見有人匆忙地向外奔馳誠屬不易，若非攸關人生大事，恐怕很難有如此奇景。

對，沒錯，現在葉季玲之所以冒著被教官抓到在走廊上奔跑時、打死她也要衝到底的風險，實實在在確實是為了她未來的人生大事啊。

撇開到體育館必須先穿越大片穿廊及廣袤無垠的操場不說，光是短短的下課十五分鐘就要進行來回這點，對葉季玲來說簡直可說是要命的行程，更別提她還沒把找人的時間算進去了。

只不過，最令人頭疼的其實不是距離的問題，而是下一節的數學老師是足以讓許多學生見光死兼灰飛煙滅的恐怖大魔王，再加上對方好死不死又是自己的班導，這仇一記恐怕沒過個一年半載是絕對清算不完的，因此葉季玲已經抱著必死的決心，勢必要趕在上課鐘響前安全上壘才行。

否則，這學期數學成績總是勉強低空飛過的她恐怕也得加入補考大隊了。

就在葉季玲大口喘著氣、伸手準備拉開體育館入口的厚重玻璃門時，一道令她熟悉到幾乎可說是夢魘的聲音驀地自她耳邊響起，嚇得她差點把整個金屬門把給拆了下來。

「嘖，要不是因為我一向未雨綢繆、識人能力高人一等，單憑妳的腦袋和本事要完成任務簡直比登天還要難嘛！照妳目前的進度來看，我敢說妳即使到了下輩子或下下輩子，大概還是只有孤老終生的份吧……唉，妳的姻緣之路怎麼會如此坎坷呢？我都快忍不住為妳掬一把辛酸淚了。」

「……距離你指派任務給我的時間根本還沒超過三小時，可以不要說得一副我好像資質欠佳外加後天失調嗎？難道你沒看到……」

只是一個轉頭的動作而已，話才說到一半的葉季玲在看見來者後瞬間噤聲，兩隻眼睛瞪得比銅鈴還要大，透過玻璃門的反射還可以發現葉季玲的嘴巴因眼前的無比震撼而澈底合不攏，要不是對方再次出聲讓她適時回神，葉季玲的下巴可能真的就要掉下來了。

「怎麼，我已經帥到讓妳魂不守舍了嗎？」

他露出邪佞的笑容，調侃的語氣讓葉季玲的拳頭再度硬了起來。

一頭銀白的短髮隨風飄逸，美麗的髮絲在耀眼陽光的照射下現出奪目光澤，那雙隨時可以懾人心魂的桃花眼隱藏著一股邪媚的氣息，雖然對方和自己一樣穿著再正常不過的制服，但是很少有人能將校服穿得如此好看。

第一次，葉季玲對自己的校服感到無比驕傲，因為眼前就有這麼一個令人難以將視線挪開的存在和她身處同一所學校，使她感到與有榮焉。

但是，相對的，她內心有著一連串難以言喻的萬分感慨。

那就是——

為什麼眼前的翩翩美少年竟然會是那個宇宙霹靂無敵超級不要臉的黑心月老啊啊啊啊啊啊——

「你你你你你出現在這裡幹嘛？你偽裝成學生的模樣該不會是打算誘拐未成年少女吧？」葉季玲的食指顫抖地指著月老的鼻子，腦中第一個想到的是這所學校碧玉年華、情竇初開的年輕女同學們。

……不會吧，難道他打算用外面那層皮將年輕女孩一個接一個慢慢收進後宮當儲備糧？等等，這很明顯是詐欺啊詐欺！即使身邊的女同學們多半是花癡，但她說什麼也不能眼睜睜看那些無辜的純潔少女慘遭邪惡色老頭的毒手啊！

「……相信我，即使是神明，誘拐女學生也是得進警察局的。」這是經過幾番思量後，葉季玲最終給出的委婉建言。

「……妳同學都沒說過妳腦洞一直開很大嗎？」月老鄙夷的目光再度掃過葉季玲全身，那已經可說是嫌棄的眼光了。「第一，現在站在妳面前的才是我真正的模樣，我知道自己很帥，所以請妳別太訝異。第二，穿上你們學校的衣服只是為了方便行事而已，請妳將妳骯髒齷齪的過度幻想收起來，謝謝。」

「……芭樂啦月下阿公最好有這麼年輕啦！那我之前看到的白鬍子老人到底是誰？」

「我問妳，當有一個人出現在妳面前且稱呼自己是月老時，妳覺得是白鬍子老人的形象比較可信，還是一名英俊瀟灑、魅力十足的帥氣青年比較可信？」

「當然是白鬍子老人啊。」

「那就對了。」月老翻了個白眼後伸手戳戳葉季玲的額頭，似乎覺得對方的智商已經到了無可救藥的地步。「不過話說回來，妳到底要不要趕快完成任務啊？妳知道下課時間已經過了七分鐘了嗎？」

「什麼啊才過了七分鐘而已……什麼！已經過了七分鐘了?!」

葉季玲嚇得跳了起來，瞬間感覺到自己的未來開始一片黑暗，她這輩子最不樂見的就是她放假時必須到學校來補考啊。

扣除掉輔導課，真正能夠放假的天數實在是少之又少，她說什麼也不願在放假前幾天還得拚命拿數學講義起來啃！

她心一鐵、牙一咬，二話不說立刻站在玻璃門前做好預備姿勢，她深吸一口氣，握住門把的雙手陡然決定用力拉開——

但是，月老這時候卻抓住她的衣領，連衣帶人直接往後方拖去。

「喂！你幹嘛？我要快點辦完正事趕緊回教室了！你不要妨礙我好不好！」

被月老突如其來舉動阻止的葉季玲不斷用力掙扎，想藉此掙脫對方的束縛，不料到了最後卻還是只能眼睜睜看著自己離玻璃門越來越遠、越來越遠，眼看時間一分一秒流逝，再加上月老不明不白看似阻撓自己的行為，讓葉季玲的心情即將進行宇宙大爆炸。

「學校的廣播妳到底有沒有認真聽啊？」

月老停下腳步，而這沒來由的一句話當場讓葉季玲愣了好幾秒，已到臨界點的憤怒值頓時被壓了下去。

「什麼意思？」她一臉茫然地看著對方，卻換得對方的一聲歎息。

「今天早上學校有廣播，說因為運動會快到了所以要保養場地，因此這幾個禮拜游泳池將不對外開放。」月老如是說著，望著葉季玲的眼神從鄙夷澈底轉變為憐憫。「孩子，即使妳把門把拉斷了，也改變不了它鎖住妳進不去的現況啊。」

「……月下阿公請問你是在耍我嗎？進不去體育館我最好有辦法找到傳說中的『人魚姬』啦！難道要我學蜘蛛人翻牆嗎？」葉季玲像隻野貓瞬間炸毛，再次肯定了對方根本是在找碴的念頭。

泳池不對外開放還要她完成人魚姬的任務，這不擺明是在刁難自己嗎？難不成除了泳池她還有辦法在廁所的洗手台遇見對方嗎？

「所以我才說單憑妳的腦袋和本事要完成任務根本比登天還要難嘛！妳的腦袋被灌水泥了嗎？要不然怎麼連運作一下都這麼困難？」

月老已經懶得繼續吐槽下去了，於是直接切入正題。「我早知道單憑妳一人的實力是無法完成任務的，念在妳家祖先世世代代虔心供奉我的份上，我就特別破例非常貼心的為妳找了個萬能助手，可不要辜負我的一番好意啊。」

他打了個響指，隨後高傲的揚起下巴。「出來吧，我精挑細選的優秀人才。」

聽見這句話的當下，葉季玲腦中一開始想到的是和民間故事一樣的情節發展，月老照理說應該會派隻烏龜或者小狗等動物來協助她才對，因此內心也多了幾分期待，只是沒想到等對方身影真的出現後，葉季玲真心覺得自己的下巴這次大概真的要掉下來了。

額前那過長幾乎快遮住右眼的髮絲、瀏海覆蓋下的明亮雙眸猶如深潭裡的一泓清泉、那雙冰冷卻又帶點憂鬱的眼睛、令人無法直視的恐怖氣場……

古岸切！這不就是那個永遠一字號臉孔整張臉冷到幾乎可以刮下好幾層冰霜的學生會長項毅展嗎！她才剛成為男性公敵而已，可以不要逼她成為女性剋星嗎？

葉季玲見狀後幾乎崩潰地抱著頭準備仰天長嘯，對於此後她在學校的處境開始感到絕望，也對月老的安排瞬間有了乾脆一刀殺了我比較快的想法出現。

今天在學校才度過短短幾個小時而已，葉季玲已經不知道這是自己受到的第幾次震撼了，撇開黑心月老竟然能良心發現並願意替她找助手這件事不說，光是項毅展站在自己面前她就已經快要被那股肅殺之氣給消滅了，未來的日子她最好敢奢望對方能協助她啦！

只不過，這項煩惱很快就被葉季玲拋到腦後，現在她所想的其實是另外一件事，那就是——項毅展該不會和她一樣，其實是被月下阿公陰險下流的手段逼迫乖乖就範的吧？……不對啊，現在體育館大門深鎖跟項毅展是她的助手有什麼關係？

也許是因為葉季玲的想法通通都寫在臉上了，月老這次已經懶得一一糾正她的胡思亂想，只是用眼神向項毅展示意。

而接收到月老訊息的項毅展沒有說話，只是看了葉季玲一眼後，逕自往玻璃門的方向走去。

更重要的一點是，他手上還拿著一串鑰匙！

「工欲善其事，必先利其器。既然要光明正大的進去，那最好的辦法當然就是拿鑰匙來開門囉。」

看著葉季玲目瞪口呆的模樣，月老表情很是滿意。「校慶有許多賽事多半由學生會承辦，學生會長拿鑰匙進行場勘應該不為過吧。」

「……你確定這真的沒有濫用職權的嫌疑？」

「那當然，順帶一提，項毅展已經以『協助處理學生會事務』為由替妳請了公假，因此下兩節課妳可以心安理得的蹺課去了。」

「……這擺明就是濫用職權不要想隨便蒙混過去！」

啪答、啪答。

啪答、啪答。

啪答、啪答。

昏暗無人的體育館中，輕微的踩踏聲於靜寂的空間瞬間放大，如果仔細看，便會發現幽暗的走道上驀地出現幾道不甚清晰的影子，衣物窸窸窣窣的摩擦聲在偌大場地迴盪不已，格外響亮。

要不是因為現在這個時間點體育館基本上不會有人在，否則依照葉季玲的成見，她深深覺得要是被哪個老師或者主任級的人物撞見，到時不把他們幾個當成小偷或者蹺課的壞學生，那麼鐵定就是這所學校的制度有問題。

啪答、啪答。

啪答、啪答。

走廊盡頭的轉角連接著一座迴旋樓梯，木質的扶手與鋪在地上的止滑墊形成一股強烈對比，或許是因為沿著樓梯而下的是座終年啟用的大型游泳池，因此當葉季玲將手放在棕褐色的扶手上時，總覺得上頭有股揮之不去的溼氣及黏膩。

或許是因為從外頭透進來的陽光可說是少之又少，也很有可能只是眼前昏暗的光線使人的雙眼蒙上一層迷離，走在項毅展後頭的葉季玲幾乎是小心翼翼地緊靠著扶手行動，深怕稍微一不注意，就會將眼前許多女同學們至高無上的偶像狠狠壓成肉餅，到時要是害對方骨折什麼的，那可不是她在眾人面前說句對不起就能輕鬆了事的。

當然，這一切僅止於葉季玲的想像而已，她似乎忘了對方是名體格與肌肉耐力都比她強健太多的男性，根本不太可能因為她的小小失誤就導致遍體鱗傷的慘劇發生。

「妳會怕黑嗎？」

走在前面的項毅展突然停了下來，轉過頭來詢問著，而這突如其來的舉動嚇得葉季玲趕緊煞住腳步，只差一點點她的鼻子就要面臨撞到對方胸口的悲劇了。

好險，好險。差點就要成為被千刀萬剮的對象了。葉季玲慶幸地拍拍胸口，卻在對上項毅展那堪稱比零下十度還要恐怖的冰冷視線後，差點嚇出一身冷汗來。

大哥，算我拜託你好不好，不要連問個話眼神也這麼殺好嗎……第一次，葉季玲真心覺得「冰山王子」這個封號真是取得好、取得妙、取得讓人嚇嚇叫啊。

「呃……我沒事，你別在意。」

葉季玲慌張地連忙擺手示意，深怕方才的內心話會不小心被對方發現，然而項毅展看了葉季玲有所堅持的模樣後便沒有打算深究的意思，只是默默將頭轉回去，似乎沒料到葉季玲此時心裡所想的和他的想法有所出入。

當然，如果項毅展真的聽見她心底的聲音，反應想必也會和現在差不多吧。

啪答、啪答。

啪答、啪答。

隨著對方前行的方向，很快地葉季玲來到了久違的泳池邊，濕滑的地板並沒有因為體育館暫時封閉而有所改變，那股黏且惱人的觸感散發出孤寂的氣味，使葉季玲每踩下一步都能感受到當中令人戰慄的威脅。

望著一望無際的游泳池，葉季玲真心覺得這個形容詞真是太貼切了，畢竟體育館內部能建有一座水深兩米、足足有兩個足球場那麼大的游泳池，這件事並不是每間學校都能辦得到的。

不過話說回來，現在葉季玲的腦袋才能想到一件極為重要的事，那就是——

體育館早上時就先封起來了現場最好有辦法出現她在找的人魚姬啦！

不不不，冷靜、冷靜。葉季玲試著說服自己，按住瘋狂跳動的心臟與差點炸毛的憤怒努力理出一絲頭緒。

方才月下阿公還幫助自己進入被封鎖的體育館，由此可推斷人魚姬真的是在這裡沒錯，否則依照對方毒舌嘲諷外加沒同理心的超心機性格來看，地點一有不對鐵定立刻被狠狠吐槽一番。

照著這樣的思路貫串起整個過程後，現在葉季玲有高達百分之百的信心足以確定人魚姬真的是在體育館沒錯，只是她左顧右盼，放眼望去整座泳池不但連一丁點水花都沒出現，更別說是人影了，她都快懷疑自己是不是再待下去，只要有點風吹草動就足以輕易挑動她的交感神經了。

……難道是在水中？

當下葉季玲立刻跪在池邊拚命往水裡瞧，也不管自己的姿勢看在項毅展眼中會有多怪異，要不是因為她全身上下只有身上那套衣服，否則跳進泳池將所在地都澈底翻過一遍這件事她鐵定不會有任何猶豫。

無奈人算究竟不如天算，沒有光線照射的水池在此刻看來猶如死水般絲毫不具生氣，黑壓壓一片使得葉季玲即使將眼睛張得比比目魚還要大也完全看不出端倪，只能自顧自地對水面模糊的影像大眼瞪小眼起來。

只不過，向來腦洞開很大的她很快地就發現到自己的愚蠢，因為——

即使是奧運選手也不可能在水面下憋氣這麼久，即便真的有，那他們來這麼久了連半點聲響都不出怎麼可能嘛！

因此，就目前的局勢來看，葉季玲可以非常大膽的下一個結論：

現在這個體育館除了他們三個人之外，根、本、不、會、有、其、他、人、出、現。

「……月下阿公，人魚姬真的有在這裡嗎？」

被理智擊潰差點沒虛脫的葉季玲不經意問道，她無奈轉頭想徵詢對方的意見，卻猛然發現原本該站在她旁邊的月老竟然不見了！

等等，這不是騙人的吧？

葉季玲揉了揉眼睛，不死心地看向此時空無一人的位置，想努力找出一絲「月老只是使用隱身術來嚇唬她」的可能性。只不過，在自欺欺人之後終究還是得面對殘酷的現實，就算葉季玲的眼睛揉到差點腫起來，均勻的呼吸聲依舊實實在在提醒著她，現場真的只剩下她和項毅展兩個人而已。

該死的混帳月老！你消失了是要誰來給我指點迷津啊啊啊啊啊啊——

簡直快泫然欲泣的葉季玲差點在現場上演一齣大暴走的戲碼，她對怎麼綁紅線一事還沒弄明白就算了，現在對於本子上那莫名其妙的任務內容也依然毫無頭緒啊，哪有人半路救援到一半就消失的啊……

崩潰到極點的葉季玲抱著頭發出無聲哀號，一想到接下來的時間可能得和項毅展兩人單獨度過，她就覺得老天爺鐵定是因為她抱怨解籤詩穿唐裝很熱，所以才特地派了個萬年不融的大冰塊讓她感受一下陰風陣陣的寒慄感。

難道說，接下來真的只能靠自己殺出一條血路了嗎……

「如果覺得不舒服，就去一趟保健室吧。」

在一片昏暗之中，站在葉季玲身旁的項毅展突然開口，頓時讓葉季玲感到一陣錯愕，一時之間完全反應不過來究竟是怎麼一回事，而似乎是察覺到對方遲疑的項毅展當下只是緩緩伸出他的右手。

「眼睛。」

他指著葉季玲又紅又腫的眼睛，後者這才終於會意過來，葉季玲猜想，應該是方才自己不斷揉眼睛的行為，才會讓對方誤以為有髒東西跑進去吧。一想到這裡，葉季玲對項毅展這個人的印象似乎有比較好了一點。

「哈哈哈我沒事啦，等一下它自然就會恢復了，謝謝你的關心。」

葉季玲笑著連忙伸手抹去眼角流出的淚水，擺手示意要對方別擔心她的狀況，殊不知在她做出動作的同時，原本拉上拉鍊的隨身小包包不知何時早已被拉開，放在裡頭的螢光粉手冊就這樣掉了出來，而且更巧的是掉在地上的本子正好翻開到似乎才剛寫上熱騰騰毛筆字、油墨尚未乾的那一頁。

下午茶時間到，我先去休息了，請妳務必使用腦袋完成任務，否則身為月老代理人桃花卻死光了這件事要是傳了出去，我怕我香火鼎盛的黃金招牌會從此被妳搞砸。

……神明最好會有喝下午茶的習慣啦！重點是現在才早上好嗎！既然擔心招牌會被我砸爛那你任務給我寫清楚點不就行了嗎！那謎一般的神諭正常人最好解的出來啦！

氣到兩手顫抖、捧著手冊差點將它澈底撕個稀巴爛的葉季玲一整個咬牙切齒，對於月下阿公的憎恨指數再度飆升到最高點，內心的OS也開始一發不可收拾，完全沒意識到有個人早已悄悄來到她身後，仔細閱讀手冊上的句子。

「我會幫助妳的。」

溫熱的鼻息在葉季玲耳邊輕輕環繞，就如同從他淡淡櫻花色薄唇所吐出來的字句，一字一句都深深刻印在她的腦海。「不論是什麼任務，我都會盡力協助妳完成，直到將功贖罪結束的那一天。」

猛一抬頭，葉季玲對上的是項毅展那如深潭般永不可測的深邃眼眸，雖然那股冰若寒霜的懾人氣魄依舊讓人不敢直視，然而眼中所流露出來的堅定神情，卻能給人一種無法言喻的信賴與安心。

為什麼？為什麼你要這麼說呢？你究竟和月老達成了什麼協議？

望著項毅展那雙依然帶著憂鬱氣息的眼睛，茫然的葉季玲真的不懂對方為什麼願意接受月老的要求來當她的助手，是有什麼難以言喻的把柄被掌握在月下阿公那陰險卑鄙的小人手中，還是說和她一樣其實是有事相求呢？

正當葉季玲欲開口詢問時，原本平靜的水面忽然產生動靜，一隻蒼白的手突然從水裡竄出，狠狠抓住葉季玲的腳硬是將她往水裡拉去！

「葉季玲小心！」

「撲通！」

項毅展的一聲驚呼並沒有讓葉季玲及時反應過來，面對這措手不及的突發狀況，毫無防備的葉季玲只能眼睜睜看著項毅展那伸出卻沒來得及抓住她的右手，以及那張因震驚而出現些微表情變化的臉龐，最後直接重重摔入泳池。

水面濺起的白色水花在平靜池面泛起一波又一波的漣漪，於水中拚命掙扎的葉季玲想藉此浮出水面，卻在經過幾番掙扎後幾度有了放棄的念頭，因為腳踝的束縛不但無法擺脫，甚至是有意識地直將她往水底最深處拖去。

是誰？究竟是誰將她拖下去的？刺鼻的池水頓時嗆入鼻中，澈底淹沒了葉季玲的理智，以及所有來不及說出口的話語。

雖然葉季玲在國小時有認真學過游泳，基本的溺水自救法她也背得滾瓜爛熟，但這並不代表實際狀況發生的當下她有辦法應用得宜，冷靜早已不是她此時該關注的焦點了。

該死，這座泳池不是只有兩米深嗎？怎麼過了這麼久都還沒碰到泳池底部？

葉季玲勉強睜開眼，映入眼簾的是腳下彷彿海洋般深不見底的厚重水層，看不見盡頭的她被往下拉的同時逐漸感受到伴隨而來的水壓，讓她感覺體內似乎有什麼東西正不斷被用力擠壓，肺裡僅存的一絲氧氣即將消耗殆盡。

突然，一直將她向下拉去的力量開始減弱，意圖往更深處游去的速度越來越慢、越來越慢，不知不覺中，手的主人早已停止動作，而葉季玲則是在水中恣意飄蕩，衣服隨著水流輕輕擺動出優美的頻率。

上頭的金黃色光束穿透水面，霎時折射出一道道五顏六色的柔和光暈，在一片波光粼粼中，葉季玲看見了抓住她腳踝的真實面貌。

那是一名有著一頭美麗長髮的少女，黑而修長的髮絲於水中輕柔擺盪，她穿著和葉季玲頗為相似的制服，比較不一樣的地方是在她白色制服上衣左胸的位置繡了三條紅槓，袖子外圍多了一圈金絲作裝飾。

不似恐怖小說裡頭出現的厲鬼形象，少女清秀的臉孔多了幾分蒼白，令人在意的是雖然她的嘴角微微上揚，眉間所展露出來的卻是一絲絲溫柔與哀傷，那抹慘澹的笑容頓時烙印在葉季玲腦海，就如同一朵即將枯萎卻絲毫不肯向命運低頭的百合。

孤獨且美麗。

少女猛然鬆手，失去箝制的葉季玲身體逐漸受浮力影響慢慢往上飄去，她望著少女的身影，對方的笑顏依舊有著令人不忍直視的悲戚，彷彿在這物換星移的歲月中，只有少女的時間停止運轉，永恆不渝。

為什麼妳要露出那麼哀傷的表情呢？人魚姬。

彷彿回應著她的問題，雖然葉季玲聽不見對方的聲音，但從少女一開一闔的嘴型來看，似乎已經透露出不少訊息。

一隻強而有力的手臂伸進水中將葉季玲攔腰抱起，待她浮出水面的那一瞬間，大量空氣頃刻湧入肺部，在經過一陣劇烈咳嗽後，鬼門關前走一遭的葉季玲這才終於回神。

「需不需要送保健室？」

將葉季玲抱到岸上後，眉頭深鎖的項毅展開始仔細審視眼前的人兒是否有明顯外傷，即便對方左腳踝只有出現輕微泛紅的五指印，處事一向謹慎的他還是認為此刻最好趕緊帶著葉季玲離開這是非之地，在對方仍處於驚魂未定的狀態下，他不認為讓當事人繼續執行任務是項明智之舉。

這個任務，看起來相當棘手。他眼神驀地一沉，緊皺的眉頭有著些許不安。

同一時間，一身狼狽的葉季玲從地上爬起，因落水導致厚重的瀏海與凌亂的髮絲通通貼在她的臉上，不斷滴著水的制服上衣及百褶裙讓葉季玲覺得全身有如揹了千斤重鋼鐵般難以移動，即使如此，她還是不發一語，兩眼直直盯著方才浮出水面的那個位置。

或者說，水底下某個讓她無法忘卻的身影。

我想離開。

這是葉季玲讀出來的唯一唇語。

當上課鐘聲響起後沒多久，原本喧鬧不已的走廊很快地恢復一片寧靜，除了教室內那讓人不得不昏昏欲睡的唸唸有詞，以及操場上因體育課而陷入瘋狂的嬉鬧聲外，校園中的每一隅彷彿再度接受了睡神的召喚，在這短暫清醒的時刻中慢慢闔眼、再次陷入無人打擾的深層睡眠。

只不過，並不是所有的人都能如此氣定神閒的面對自己的校園生活。

坐在學生會的專屬辦公室裡，渾身濕透了的葉季玲簡直可說是坐立難安，要不是因為此時此刻她全身上下就只有身上那套衣服，依照她的性格，葉季玲早在項毅展關上門離開的同時想辦法偷偷溜走了。

望著這彷彿會議室般廣大的空間及排列整齊的桌椅，葉季玲真心覺得用寬敞舒適來形容根本不足以描述她此時感受到的震撼，如果說這裡真的是學生會成員辦公的地方，那麼佔地面積比其他社團教室還要來得大也未免太令人嫉妒了吧。

這裡是臺灣，又不是日本動漫，一所私立高中的學生會真的具有什麼實質影響力或權力嗎？

坐在辦公椅上的葉季玲默默吐槽著，不忘拿著方才項毅展遞給她的浴巾擦著依舊還是濕漉漉的頭髮，她看了看被晾在窗外等著風乾的步鞋與白襪，再低頭看看裙子外圍沿著小腿一路滾落的小水珠，葉季玲最終只能無奈地坐在位子上，像個小孩子繼續晃動著自己光溜溜的腳丫子。

「喀擦」一聲，眼前門把驀地被人轉動，只見來者正是項毅展沒錯，只不過讓葉季玲訝異的是他後頭還跟著一個人，而那個人竟然是——

她早上不小心撞到的徐柚華！

不會吧，難道她這陣子開始人品爆發了嗎？榮登校園話題寶座的兩位風雲人物竟然同一時間一起站在她面前，這件事要是被徐小蕙得知，她葉季玲的腦袋絕對會被對方想方設法用高科技武器硬是狠狠撬開，只為了奪取眼前這段珍貴的畫面啊！

「嗨，我們又見面了，妳沒事吧？」

看著葉季玲快要掉出來的眼珠子，徐柚華絲毫不感到意外，反倒是笑嘻嘻地走了進來，進門時還能看見她兩手分別提了好大的紙袋，當她將看似沉甸甸的袋子放到桌上時，葉季玲完全能感受到裡頭厚實的重量。

「柚華，不好意思麻煩妳了。」

「別這麼說，只要有我能幫上忙的地方，我一定會全力以赴。」

她笑得十分燦爛，望著項毅展的雙眸閃著寶石般美麗的光采，只是下一秒她突然嘟起小嘴，雙手叉腰向對方表示她的不滿：「不過阿展，你第一時間沒通知我就真的太過分囉，這一次比較緊急所以我可以破例通融一下，要是再有下次，人家可不會這麼輕易放過你呦。」

「我知道，下次行動前我會先知會妳一聲。」

「那我們說好囉，要是你再犯被我發現，那我就要生氣了。」

「放心吧，我說到做到。」

看著兩人你來我往的俏皮動作以及彷彿情侶之間才會出現的親暱對話，葉季玲嘴巴直接張成一個大大的O字型，瞪大的雙眼似乎預知著只要再過幾秒鐘，就有機會看見讓人眼珠子掉滿地的驚人畫面。

突然，葉季玲腦中浮現幾節課前徐小蕙透露給她的片段資訊：青梅竹馬、學生會副會長、項毅展唯一肯接近且不排斥的女性……

電玩遊戲裡清脆的Bingo聲頓時在耳邊響起，從這一刻起，葉季玲的良知與道德開始發揮作用，重度遲鈍的她終於意識到原來所謂的電燈泡就是這麼一回事。

俗話說得好：打擾別人的戀情會被馬踢。眼前兩人明明就在放閃ing，卻很有可能因為有外人在而有所顧忌，照這樣的思路來看，她葉季玲擺明了不是電燈泡那還會是什麼？

不可以啊，這根本就是罪加一等啊……

此刻葉季玲內心說有多不安就有多不安，先是弄斷別人紅線再來是當該死的電燈泡，天知道眼前兩人的姻緣是否會因為自己的存在產生不必要的變數，如果感情生變這點被陰險的月下阿公算在自己頭上，那這輩子她恐怕真的別想擁有半朵桃花了。

遠在天邊近在眼前的大門正散發出柔和的神聖光輝，不斷向無助的葉季玲招手要她趕緊投向自己溫暖的懷抱，無奈項毅展和徐柚華兩人不偏不倚就站在大門前，她連趁隙偷偷溜出去的機會都沒有，更別說是找個地方躲起來了，要不是因為這裡是三樓，土遁之術什麼的她恐怕會當場使出來。

就在葉季玲考慮是否該突破重圍時，原本和項毅展交談熱絡的徐柚華突然將頭轉向葉季玲，只見她眼底閃過一絲流光，適時擋住葉季玲最後的活路。

「來來來，趕快把濕衣服脫下來吧，要是不小心著涼那可就糟了。」

不曉得是不是她的錯覺，葉季玲總覺得對方提著袋子向她走來時，那眼神似乎變得有些不一樣，出乎意料之外的是那並非看見情敵所散發出來的熊熊怒火，反倒像是……

發現新奇獵物才會有的雀躍感？

……不會吧，難道她這麼快就要被對方好好「料理」一番了嗎……葉季玲緊張地吞了吞口水，只差沒瑟縮在角落而已。

「嗯……該從哪裡開始才好呢？」

彷彿哆啦A夢的異次元百寶袋，徐柚華伸手進紙袋內摸索時表情煞是苦惱，似乎面臨了史上最困難的抉擇，然而這項煩惱並沒有維持多久，她隨後眼睛一亮，道出一句令人匪夷所思的話：「反正時間多的是，我就陪妳在這裡慢慢耗吧。」

興高采烈的她迅速從袋內抽出兩樣東西，露出燦爛笑容的同時慢慢逼近葉季玲，只見她眼底閃爍著異樣光芒，那盤算的模樣給人一股想逃離現場的衝動，然而後者僅僅只是呆愣在原地，一時之間完全無法動彈與反應。

「妳想先穿穿看左邊的性感貓耳女僕裝，還是右邊的迷彩軍服呢？」

「……抱歉請妳給我一套正常的高中制服就好謝謝。」

如果說這輩子最倒楣的事，是財神爺在你面前撒錢而自己卻眼瞎沒跑去撿，那麼葉季玲今天遇到最糟的不是不小心摔進游泳池上演一場溼身秀，而是突發狀況發生時她逃跑的速度不夠快。

雖然不知道徐柚華究竟是從哪弄來一套高中制服的，不過這對成為落湯雞的葉季玲來說，能獲得傳說級人物的救助簡直可說是莫大的恩賜，而這點同時也讓她不由得猜想自己這輩子所有的好運大概在此時用得一乾二淨，即使考慮用蒸餾的方式可能連點渣都跑不出來了。

因為，她完全沒料到徐柚華那兩個裝得滿滿的紙袋裡頭通通都是衣服啊啊啊啊啊——

俗話說得好：天下沒有白吃的午餐。這恩賜後頭要她承受的好運果然不是平凡人擔當得起的，怪不得她阿嬤經常說命太貴的人一旦承受不起福分，那就只能等著撒手人寰，她葉季玲天生就是只有後知後覺的份啊。

早在瞥見徐柚華用眼神向項毅展示意時她就應該有所警惕，而不是等對方關上門迴避後才開始思考該如何逃跑才對，因為接下來的恐怖折騰是葉季玲這輩子始料未及的駭人極刑啊！

如果說隨身攜帶梳子、鏡子是女性注重儀容的表現，那麼面對能隨時隨地從身上掏出吹風機和離子夾這兩樣大型用具的人，葉季玲就真的不知道該用什麼來形容她的驚駭了。

不要看徐柚華身子看似單薄，身材高挑的她站起來和項毅展相比其實差不了多少，根據徐小蕙萬能的人工電子資料庫，項毅展的身高目測至少有一百七十六公分左右，乍看之下徐柚華只差對方約兩、三公分而已，因此不管怎麼看，如此和諧的身高差再加上男的帥、女的美等童話般完美的優勢條件，怪不得兩人走在一起根本就是天生一對，讓葉季玲不由得發自內心讚嘆起來。

既然如此，徐柚華究竟是怎麼把吹風機和離子夾藏在身上的呢？這一點，葉季玲怎麼想也想不透，她只知道自己絕對不能小看女性愛美而醞釀許久的驚人爆發力。

先是吹乾，再來是燙捲，葉季玲真心覺得自己成了徐柚華專屬的芭比娃娃，不論是換裝還是換髮型，葉季玲全身上下只能像洋娃娃一樣任人擺布，她發誓，自己一天下來所換的造型搭配絕對比她過去活的十幾年多了整整十倍以上！

要不是因為葉季玲一向不喜歡欠人情債，早知道借制服的代價會如此昂貴，打從一開始她就應該考慮全身溼答答的衝出學生會辦公室才對。

前提是，徐小蕙願意對她全身溼透的模樣視若無睹且不採以狗仔姿態向她進攻追問的話。

就這樣，葉季玲整個下午的時間基本上都在徐柚華歡樂的換裝遊戲中度過，直到對方滿意外加葉季玲全身精力幾乎可說是消耗殆盡後，徐柚華這才終於放過葉季玲一馬，讓她穿著全新的制服拖著疲憊的身子離開辦公室大門。

先別提因為沒吃午餐而拚命咕嚕作響的肚子了，光是項毅展以非常詭異的官方理由替她請了早上兩節課的假的事就夠葉季玲煩心了，更別提接下來下午整整三節課的時間她莫名其妙地從學校「消失」，然後被美麗的學生會副會長強迫進行換裝play以行蹺課之實。

現在回頭仔細想起，這一切的發生根本就是強迫中獎嘛……

想當然耳，等葉季玲踩著沉重步伐回到教室後，整間教室早已因過了放學時間而鳥獸散成功，空蕩蕩的座位中只剩她的桌子還獨自擺著文具用品及課本，一股淒涼之感不禁發自內心流出。

小蕙啊，身為朋友妳為什麼不等我就直接閃人了，我、恨、妳——

老淚縱橫的葉季玲無論心中有多少對徐小蕙的滿腹怨言，面對眼前局勢，她還是只能默默收拾好書包，揮揮衣袖帶著無限悲慨離開這「世風日下，人心不古」的傷心地。

唉，她葉季玲今天怎麼會過得如此忙碌呢……

將兩套洗好的制服用曬衣桿高掛在後陽台的曬衣架上後，葉季玲回到了自己的房間，最終深深地嘆了一口氣，彷彿只有這麼做才得以將一身疲憊一掃而盡。

雖然徐柚華說過制服不必還給她，但葉季玲認為無功不受祿，還是覺得不能平白無故接受他人物品。

或許，等哪一天有機會再見到對方時，找個時間向對方表達自己的謝意吧。

回到家後，葉季玲的第一件事是趕緊換上唐裝來到神明廳替客人解籤詩，即使她因為遲到了而慌慌張張地跑回家，一旦輪到她以月老發言人的身分現身時，她還是能不疾不徐地維持從容的態度緩緩步入廳堂，完全沒了方才焦急的模樣。

雖然葉季玲一直覺得解籤詩是份麻煩差事，不過她還是會乖乖做好份內的工作，不讓自己的情緒影響到這世世代代傳承下來的家族事業。

不過話雖然是這麼說，積累一日的疲憊還是無法在短時間內消弭，因此當她上緊的發條終於能暫時停止運作時，她整個人有種如釋重負的感覺，全身的肌肉痠痛與疲倦感紛紛向她襲來，導致她在泡澡的時候差點因過於鬆懈而在浴缸中溺斃。

現在，洗好澡的葉季玲穿著水藍色的寬鬆睡衣，斜靠在窗沿凝睇著被柔和月光所覆蓋的無人街道，一路上只有鵝黃色的路燈依序伴行，彷彿永無止盡的旅程，不斷延伸到她看不見的盡頭。

還滴著水的頭髮隨意用一條白色浴巾蓋在頭上，從窗外吹進來的晚風輕輕拂過她的臉龐，以及散落在額前看似濕氣減半的髮絲，而這陣風所帶來的些許寒意讓葉季玲忍不住打了個噴嚏，眼角餘光瞥見一道人影一閃而過。

不必刻意猜想，從來者總是神出鬼沒的型態來看，葉季玲已經熟悉到連驚訝的表情都懶得使出來了。

「雖然說笨蛋比較不容易感冒，但凡事都有例外。」

從進入泳池後就不見蹤影的月老再度現身，他依然穿著早上時那套不知道從哪裡弄來的高中制服，非常不客氣地直接坐在葉季玲的床上，還雙手交叉擺胸、以居高臨下的姿態睥睨對方外加翹起二郎腿。

「真搞不懂，為什麼現在的年輕人這麼喜歡全身溼答答的坐在外頭吹風，難道這也是賞月的一種雅致嗎？」

「……我說，你能不能好好維持一下身為月老的形象？」

「妳是指罵人要盡可能地婉轉些嗎？放心吧，我這人一向都不會有話直說，即使妳已經笨到無法無天無可救藥了，身為英俊瀟灑風流倜儻有容乃大的月老我還是會努力指引妳一條光明路的。」

「……我指的是你身為神明不要沒事學人翹二郎腿這件事！還有，你明明都是有話直說！何時委婉過了我怎麼都不知道！」

葉季玲的憤怒值再次飆漲，直接跳下窗子氣呼呼地指著月老。

該死的月下阿公，你趁機落跑這件事我還沒跟你算帳呢！葉季玲恨恨的摩拳擦掌，準備讓對方領教一下所謂「愛的鐵拳」究竟是怎麼一回事。

「先別提這個了，任務進行得怎麼樣？」

「啊？」

聽到月老這麼一問，原本怒氣沖沖的葉季玲果不其然馬上忘了自己要教訓對方的事，開始認真思考起對方的問題來。

「雖然找到人魚姬確實很高興沒錯，但是對方的請求和任務內容根本搭不上線啊，照這個情況來看應該不需要綁紅線什麼的吧？」

或許是第一次碰到如此棘手的問題，百思不得其解的她將事情的來龍去脈告訴月老，希望對方能給自己一些建言，而不是像無頭蒼蠅只能到處亂跑碰運氣。

面對這道難解的習題，葉季玲難得雙手撐著下巴、坐在椅子上靠著椅背嘆氣，似乎想不出當中的關聯性，隨後不禁喃喃自語道：「奇怪，到底要怎麼做才有辦法幫助她離開呢？」

「離開是嗎……」大致弄清楚整個狀況後，向來頗具自信的月老竟也跟著皺起眉頭，只見他單手托著下巴思考，那模樣看似對此次的任務發展感到匪夷所思。

「如果說，達成願望呢？」

「願望？」

「就和那些陰魂不散的厲鬼一樣，只要能達成對方的願望，那麼她應該就能順利離開她所待的地方了吧。」

「……等等，對方不管怎麼看都不像厲鬼好嗎！你這套莫名其妙的理論又是打哪來的！」

「俗話說得好：人不可貌相，鬼也一樣。我長得如此引人犯罪妳都不肯相信我是月老了，妳怎麼還能如此膚淺的依據外表來評斷對方呢？」

「是是是，親愛的月下阿公小的知錯了，小的就錯在不該反駁您的高見。」

葉季玲瞬間翻了個大白眼，覺得自己和詭計多端的月老進行爭辯實在不是什麼明智的舉動，要是真的贏得了對方的詭辯，她葉季玲早就出運了。

「雖然她只說想離開，但我真的看不出來她有什麼未了的心願，還是說離開其實就是她的『願望』？」

「無論事實為何，這些都只能算是妳的揣測而已，別忘了妳現在可是月老代理人，再怎麼說任務內容也不可能脫離妳原本的職責太遠，我看妳還是再去問一次比較保險，畢竟妳從對方身上得到的資訊並不多，輕易下定論只會招來反效果而已。」

「你的意思是我還要再下海……不、不對是下『水』一遍？」

「那當然，難道會是我下去？孩子，妳真的是好傻好笨好天真啊。」

「我們就不能採取其他溝通方式嗎？」

「妳會不會想太多？難道妳有辦法心電感應？得了吧，不是每個人都有辦法接收妳的頻率好嗎？」

「……真的很抱歉對你期望太高是我這輩子最大的錯處。」

第四章　被遺忘的線索

啪啪、啪啪。

人魚姬用聲音向巫婆換取秘藥，因此得到雙腿變成了人類。

為了心儀的王子，人魚姬忍著刀割般的疼痛走在陸地上，無怨也無悔。

啪啪、啪啪。

然而，失去聲音的她到頭來究竟得到了什麼呢？

少女垂下眼眸，似乎沒有一個肯定的答案。

也許，她們所等待的是那一瞬凝眸。

一個永遠不可能發生的奇蹟。

一大清早，美好的天氣與溫柔的陽光正訴說著一天嶄新的開始，當婉轉的鳥鳴還尚未傾訴完畢牠的喜悅時，一個鬼鬼祟祟的人影早已在無人知曉的情況下於走廊四處徘徊，甚至在有人出現時刻意躲進樓梯間，兩眼直勾勾地猛盯著某間教室瞧，神情似乎有些焦急。

該死，早知道今天應該要裝病請假在家的。

葉季玲小聲嘀咕著，還不忘探頭探腦準備窺伺敵情。

照理說，葉季玲此時此刻應該做的不是一個人偷偷潛伏在角落，而是要大大方方直挺挺地走入教室才對，原本她是如此盤算著，可惜的是已經刻意比平常還要早到校的她還是看見了這輩子最不願面對的真相——

平日只有數學課才會出現的班導現在竟然就站在講台上啊啊啊啊啊！

葉季玲悲痛地搥了幾下自己的胸口，所謂的鬱卒到死大概就是這種感覺吧。

沒錯，站在台上挺著大肚腩外加頂著一顆閃亮無比大光頭的中年男子正是葉季玲目前想躲避的對象，他的本名叫劉至翰，由於個性古板再加上外型非常符合痴漢的色老頭形象，因此有許多學生私底下乾脆喊他「劉老頭」，算是替總是與自己過意不去的數學成績出一口悶氣。

劉老頭雖然長得一臉橫肉，但這並不代表他猥瑣的模樣從此決定了他在這所學校的價值，根據歷屆學長姐流傳下來的傳說，擁有「鐵血教師」封號的劉老頭曾經帶領學生奪下全國數學總冠軍的寶座，屢次締造諸多佳績進而打造出一段學校極盡輝煌的黃金時期。

然而，劉老頭同時也是補考大隊的總教頭、高中部的「當」鋪傳奇，根據紀錄顯示，他曾經讓一個班的學生高達十分之七的人總成績不及格，一旦補考考卷經由他出手，哀鴻遍野早已不是什麼血流成河的驚駭場面，而是在出題老師決定的那一瞬間學生那堪稱比家常菜還要經典的「吶喊」畫面。

因為，劉老頭向來秉持著一項原則：既然上課不好好聽，那就直接重修、從基礎慢慢打起吧。

一想到這裡，葉季玲深深覺得自己在對方眼裡鐵定「死有餘辜」。

昨天早上項毅展替她請假就算了，但這不代表她的假期可以順理成章延續到下午啊！

大學生蹺課早已司空見慣，但才高中而已就開始實施蹺課手段會不會太過分？不管怎麼看根本只有囂張二字能形容，她葉季玲就算膽子養得再肥也絕不敢做出爾等逆天的舉動，即使要蹺課好歹也要大家一起蹺才有機會找到正當理由避掉刑責啊！

要是學務處已經通知班導說她蹺課的話……

葉季玲不安地吞了吞口水，彷彿世界末日即將來臨。

剛好在班導的數學課請公假可以說是巧合，但整個下午都不見人蹤影那事情可就大條了，偏偏劉老頭最忌諱的就是學生耍心機搞失蹤，這舊恨新仇要是通通一次作清算，那她葉季玲恐怕就等著死到不能再死了。

不行，葉季玲妳到底是在怕什麼，妳又沒做什麼虧心事！只要像往常一樣抬頭挺胸走進教室就可以了。

葉季玲雙手握拳為自己加油打氣，將原本籠罩心頭的陰霾澈底驅散，她整理了一下自己的儀容後，努力扯出一道看起來再正常不過的笑容走進教室。

「班導早。」她發誓她的笑容已經是極限了。

「早安。」對方看了來者一眼後，又繼續低頭整理滿桌的講義。

……

……

……

等等！為什麼她安全pass了？

此刻葉季玲眼睛瞪得超大，完全沒料到自己竟然能闖關成功，她不禁開始猜想是不是有什麼好事發生讓這個惡魔班導龍心大悅，否則依對方的性格來看，他怎麼可能會這麼大方的特赦自己呢？

「那個……昨天下午啊……」葉季玲戰戰兢兢地問著，深怕一不小心挑起對方情緒那就死定了。

「喔，妳是指請公假的事嗎？雖然幫忙處理學生會事務沒什麼不對，不過沒上到課的地方可別忘記要自己補上進度，要是耽誤課業那就不好了，懂嗎？」

「……蛤？什麼公假啊？」

這下子，反倒換葉季玲困惑起來了。

「妳忘了嗎？昨天上午學生會副會長還特地拿公假單讓我簽，說因為缺人手所以妳下午必須要留下來幫忙處理運動會的事啊，妳的記性怎麼會比我還要差啊！」

劉至翰用一種「肖年仔妳需要吃銀杏嗎？」的眼神瞥了葉季玲一眼，隨後抽出一疊厚厚的數學講義交給她。「這是昨天上課的講義，有什麼不懂的地方記得問老師或同學，後三張的習題是回家作業，明天上課時要檢討。」

「喔，謝謝老師。」

面對手上那疊可能又要讓資料夾再度爆炸的講義，不知道為什麼葉季玲還是覺得自己心中的那塊大石終於落了下來，也對於自家班導的印象有了些許改觀。

只不過，最讓葉季玲感到納悶的還是那個徐柚華，雖然對方幫她請公假讓她免除危機這點她很是感激，但這同時似乎也訴說著一件事——

對方根本早就計畫好要跟她玩一整個下午的cosplay了好嗎！

一想到這點，葉季玲忽然不知道自己究竟該哭還是該笑了。

「哇，這不是季玲嗎？這真是太難得了，妳昨晚是被雷公用雷打到嗎？否則怎麼可能這麼早來學校。糟糕，難道這就是傳說中要世界末日的前兆？」

原本開開心心踏進教室的徐小蕙一瞧見葉季玲的身影，馬上煞住腳步站在門口，用彷彿看見稀有動物的驚奇表情看向她，那驚嘆的模樣與戲曲表演時才會出現的手勢，讓人看了真覺得既可愛又可恨啊。

「徐小蕙，我要先聲明兩點：第一，不要說得好像我平常都快要壓線了才出現好嗎？第二，昨晚天空明明就晴朗無比妳哪來的雷公啊！」

葉季玲忍不住開始吐槽，只差沒當場翻白眼而已。

「話可不能這麼說呀，人要是一倒楣起來，什麼怪事都有可能發生不是嗎？」徐小蕙笑得極為曖昧，卻突然話鋒一轉，將書包扔到座位後快速跑向葉季玲，確定四下無人便在她耳邊小聲問著。

「妳昨天離開後沒多久，就有人跑來跟風紀說妳要請公假，我看這件事其實另有內幕吧？」

「這已經不是什麼內幕不內幕的問題了，而是某個奸詐小人竟然給我趁機落跑害我必須獨撐大局，結果我還因為跌進泳池差一點溺死。」

「溺死？不對吧，我記得妳會游泳不是嗎？」

「雖然我會游泳，但這並不代表底下有人拉住我的腳時我還有辦法自救啊。不過也託跌進泳池的福，我還真的找到手冊上寫的人魚姬了耶——」

葉季玲自顧自說著並將書包掛在桌緣，卻在抬頭的那一瞬間看見徐小蕙皺了一下眉頭，眼底閃過一絲嚴肅。

那是葉季玲不曾見過的徐小蕙。

但也僅止於那讓人不易察覺的片刻。

「季玲，妳聽過學校游泳池的傳說嗎？」

徐小蕙神祕地豎起食指貼近自己的唇，聲音也越來越迷離。「這是十年前開始在學校流傳的故事。」

「據說只要放學時間一到，走進體育館的人便會聽見底下傳來啪啪啪的打水聲，等到有人循著聲音到游泳池一探究竟時，便會發現昏暗的四周根本空無一人，詭異的打水聲也會就此停止。

「曾經有學生不信邪認為有人在惡作劇，於是便跳進泳池準備揪出兇手，奇怪的是，學校的泳池明明最多只有兩米深而已，但那名起碼有一百七的男同學卻始終踩不到地板，並且不斷向下沉、向下沉，最後在那看似泳池底部的地方，看見一名穿著制服、水中不斷飄散黑色髮絲的女生，雙手抱膝坐在地上歪著頭對他微笑……」

「等一下，這根本就是鬼故事吧？」

「我又沒說不是，只是給妳參考參考罷了。」

「這算哪門子的參考啊，妳擺明了就是想說抓住我的根本就是厲鬼！」

「唉呀呀，對方是不是厲鬼這點我可不敢斷言，建議妳還是去查一查這個傳說的可信度比較實際，畢竟我只負責提供資料，至於要不要相信當然是由妳來定奪囉。就這樣，我先廁所去，掰囉。」

葉季玲的話還沒有說完，眼前的徐小蕙就已經實施尿遁大法直接離開現場，留下葉季玲一人對著她消逝的背影大眼瞪小眼。

這下可好了，現在又多了一個不知道從哪蹦出來的傳說要查，這個任務也未免太過艱辛了吧。還有，小蕙妳不是立志要當記者嗎？做好新聞真實性的把關不也是媒體人的職責之一嗎妳到底懂不懂！

葉季玲深深地嘆了一口氣，到頭來她好像都在同一個問題上打轉，如果她不先去找出泳池裡的那名少女到底是誰，再多的行動恐怕也只是在白費力氣而已。

既然如此，她該去找他商量看看嗎？

一想到對方的身影，葉季玲似乎又開始胃疼了。

「昨晚西湖畔上那歌聲的主人，其實就是妳吧？」

「夫人真愛說笑，西湖畔乃城內名勝，自古以來前來遊賞的遊客何其多，怎能斷定為奴家所唱呢？」

她抿唇而笑，嬌媚地用花扇輕輕掩住自己的唇，眼底有著令人難忘的無限風情。「夫人還是請回吧，奴家只知道如何取悅男人，若招待不周還懇請海涵。」
她起身作了個揖後便轉身打算離開，當她欲伸手拉開門時，背後驀地傳來一句話，讓她整個人頓時愣了幾秒。

「妳的聲音很特別，所以不管到了哪裡，我都認的出來。」

這句話猶如一把鋒利的刀，將不願面對的事實劃出一個口子，一時之間彷彿有什麼情緒開始在胸口奔騰，雖然她無法明白那究竟是什麼感受，但唯一可確定的是那沿著傷口所流下的血似乎又悄悄蔓延開來。

而這一次，她竟然不感到疼了。

「奴家雖然賣藝不賣身，但是不唱歌的。」伸於半空中的手驀然垂下，僅是一個回眸便足以讓人喪失心魂。「夫人可明白？」

「即使如此，我還是想聽妳唱歌。」

女子笑著，「因為，我很喜歡妳的聲音。」

「季玲、季玲。」

「……嗯？」

當葉季玲緩緩睜開雙眼時，迷茫之中，她似乎看見坐在右前方的徐小蕙不斷對她使眼色，那擠眉弄眼的模樣彷彿有什麼話想對她說。

『老師、老師。』

什麼?妳在說什麼?

『老師、老師啊。』

「……嗯?老師怎麼啦?」

看著徐小蕙一開一闔的嘴型，葉季玲睡眼惺忪地揉著自己的眼，對著徐小蕙一股腦兒的直接將自己內心的疑問說了出來，而徐小蕙見狀後則是露出「被妳打敗了」的表情、無奈將頭撞向自己的桌子。

……等、等等，老師?!

一直處於昏睡狀態的葉季玲這一刻終於清醒過來，她猛一抬頭，便發現國文老師拿著課本笑吟吟地站在她面前，而周圍的同學們在葉季玲露出錯愕的神情後再也忍不住憋笑，直接當場哈哈大笑起來。

面對如此尷尬的場面，此時腦中一片空白的葉季玲只能支支吾吾地吐出幾個字，試圖緩和現場氣氛。

「呃……老師早。」

「早安，看妳睡得這麼甜，我還在猶豫要不要叫妳起床呢。」

國文老師望著她，眼裡飽含笑意。「如果還是覺得睏，那妳就繼續趴著休息吧，只是下一次要記得先請同學知會我一聲才可以哦。」

「哈哈哈哈……老師你還真幽默，我只要聽到你迷人的聲音就完全清醒過來了，哪裡還會覺得睏呢？多謝老師關心。」葉季玲尷尬地打哈哈企圖將自己睡死的事實呼攏過去，然而她的眼神卻不小心非常不真誠的往左飄移了一下。

「季玲，妳的眼神飄移囉。」坐在隔壁的同學好心提醒。

「哈哈哈哈，那是你的錯覺、錯覺啦。」

所幸的是國文老師對這件事不再追究，而是很快地結束了這個課堂小插曲，面帶笑容回到講台上繼續上課。面對老師如此寬宏的心胸及雅量，葉季玲真心覺得國文老師真的是佛心來著，這情形要是發生在班導的課上，那恐怕就不會這麼簡單了事了。

都是那個黑心月老害的啦。她在心裡一邊感激著國文老師，一邊偷偷咒罵著那個害她在課堂上不小心睡著的罪魁禍首。

葉季玲之所以會不小心在課堂上睡著，其實有很大部分的原因在於她昨天一整晚都在思考睡前月老對她說的那些話，在徹夜難眠的狀態下直至天明。

——只要能達成對方的願望，那麼她應該就能順利離開她所待的地方了吧。

雖然葉季玲不明白是什麼原因讓少女一直待在同一個地方，但月老選擇以「厲鬼」來打比方這點，不管怎麼說還是使她難以接受，甚至有股難以言喻的情緒從昨晚開始就糾結在胸口，遲遲揮之不散。

少女孤獨的形象再度浮現腦海，那美麗與哀愁交織而成的畫面至今仍歷歷在目，讓葉季玲不得不將今天早上徐小蕙告訴她的傳說聯想在一起，如果說那則傳說是真的，那麼少女等待的又會是什麼呢？

厲鬼，指的通常是因意外或被害過世而無法安息的死者啊……一想到少女的模樣，葉季玲還是無法說服自己不能以貌取人。

因為，對方眼裡有股她說不出的淡淡哀傷。

是那樣的真誠、無畏。

「季玲，能請妳朗讀一下課本第一百八十九頁第二段的課文嗎？」

「喔、喔喔，沒問題。」

國文老師獨特的嗓音霎時喚回葉季玲的思緒，讓她趕緊翻開課本開始朗讀指定段落，對於老師不著痕跡的貼心暗示葉季玲覺得十分感動，而這樣的舉動卻也讓葉季玲不由得想起一件似乎不值得一提的小事。

方才模模糊糊的夢境中，彷彿也出現了這麼一個令她印象深刻的人物。

「妳想借體育館鑰匙？」

學校頂樓，一名少年和少女正對峙著，雖然少年臉上並沒有出現任何不悅，但從他冰冷的眼眸可以看出對方的話讓他有些遲疑，就連態度也變得強硬許多。

「如果妳要去，我和妳一起去。」

「我只是要去問那個女生一些問題而已，你放心鑰匙我很快就會還給你，不會有人——」

「我是妳的助手，所以妳執行任務時我有義務待在妳身邊。」

「只是問問題而已又不會出什麼事，我一個人就可以了。」

「不行，這是為了預防萬一。」

「那你站在外頭等總行了吧？」

「恕難從命。」

「……該不會是那可惡的月下阿公交代你要盯緊我，避免我又幹出什麼蠢事吧？」

面對這樣子的發展，葉季玲簡直可說是欲哭無淚，她明明就只是想借個鑰匙而已，但事情為何會演變得如此複雜呢？

這一切的開端，應該從她決定找對方的那一刻開始說起……

徐小蕙全身上下最讓葉季玲感到佩服的，除了那堪稱比鷹眼還要精準的視力二點零、舉凡上至校園高層有苦不能言的秘辛下至廁所內女生的竊竊私語都能捕捉得到外，還包括為了準確收集各方八卦消息而比電腦記憶體容量還要驚人的過人記憶力。

因此，項毅展在哪一班根本不用親自調查，直接向徐小蕙這個人工電子資料庫查詢即可。

當然，前提是必須先向對方曉以大義一番，否則光是那曖昧的眼神就夠她頭皮發麻一整天了。

二年一班右邊數來第四排倒數第二個位子。

唉，全世界大概就只有小蕙能夠隨時掌握各個班級座位順序的調換了吧……不知道為什麼，葉季玲內心沒來由出現一絲感慨。

一到了下課時間，走廊上擠得水泄不通照理來說是常態，但對葉季玲這個一下課除了上廁所外基本上只會窩在教室裡的人來說，就只能用四個字來形容——

人、間、煉、獄。

這條通道明明就無法通往廁所和福利社，既然如此那為什麼人還可以這麼多！

走在人擠人的走廊上，差點變成沙丁魚乾的葉季玲一氣之下乾脆一不作二不休，直接在現場使出殺手鐧，以地鼠鑽洞的方式一路殺到項毅展班級的門牌下，而且非常幸運的是她要找的人恰巧正坐在位子上低頭看書，完全省去了她在茫茫人海中找到虛脫的風險。

或許是因為維持同一個姿勢久了需要活動一下筋骨，也很有可能是因為對方成了助手因此多了點心有靈犀的能力，當項毅展不經意抬起頭來向走廊望去時，恰好瞥見了在人群中不斷向他揮手並在原地跳來跳去的葉季玲。

她其中一隻手不斷指著上方，從對方的口形項毅展已經隱約猜出對方大致上想說什麼了，因此他簡單的向葉季玲點頭示意，而後者見狀後則是露出終於鬆了一口氣的神情，隨後直接邁開步伐往目的地前進。

然而就在葉季玲開心離去的同時，沒有人發現平日不苟言笑的學生會長此刻嘴角竟然緩緩揚起，似乎對方才葉季玲那如同兔子般拚命跳躍、希望對方趕緊發現她的模樣感到有趣。

上課後我在頂樓等你。

這是葉季玲傳達給項毅展的訊息。

之所以會選擇上課時段，是因為葉季玲下一節是體育課，她老早就交代好徐小蕙記得幫她跟體育老師說她生理痛要請假在保健室休息，雖然這麼做似乎有點不道德，不過就看在她每次生理痛時依舊抱恙跟著大家跑操場這點原諒她吧。

再來，其實還有一項特別因素讓葉季玲不得不慎重考慮，甚至出此下策：那就是她的生、命、安、全。

要是不小心被其他女生發現她和項毅展走在一塊，傳聞滿天飛這點倒還算事小，只要堅持誤會一場至少還有機會出現一線生機，但要是被視為「女性剋星」的話，那葉季玲相信自己鐵定小命不保了。

方才去找人時，葉季玲還是用手遮著臉避免被徐柚華的粉絲認出來呢，要是連在女生這邊都混不下去了那她還有什麼臉可活啊！

因此，不管怎麼想這都是最兩全其美的辦法，葉季玲對自己未雨綢繆的能力感到相當自豪。

但是，這也僅止於短短的下課十分鐘而已。

因為項毅展雖然如期出現在頂樓與葉季玲會合，但當她甫一開口，從對方的眼神她就知道苗頭不對了。

所謂的助手，不就是需要時給我出現、不需要時你就在一旁納涼休息就好了嘛！大哥算我求你，你真的不必這麼盡責沒關係呀，我又不會扣你薪水……

此時此刻葉季玲真的很想仰天長嘯、一吐胸中無法事事如意的怨氣，人家古人是以此述志或抒發悲憤之情，她是因為對方認真過頭了而發出無奈之嗚啊。

「不管對方有沒有交代，我都會跟隨到底，直到妳完成任務的那一天為止。」

「……大哥，雖然你很敬業這點我很感動，但我真的去去就回好不好？」

「提案駁回。」

「……你以後工作絕對會是過勞死的那一型。」

經過幾番協調與爭取後，事實證明這回合葉季玲慘遭淘汰，項毅展大勝。

畢竟借鑰匙的權利在對方身上，人家對方說了算，她又能怎麼辦呢？

葉季玲生平第一次覺得學生會長這個頭銜真的是太好用了。

就如她所想的一樣，才一下子的時間，項毅展馬上就借到了體育館的鑰匙，帶她回到了她不想面對卻又無可奈何的地方。

一樣昏暗的視線，一樣寂靜無人的空間，雖然距離上次離開這裡的時間間隔不到幾天，但當體育館大門被打開的那一剎那，迎面而來的卻是一陣令人背脊發涼的冷風，當中還夾帶一股揮之不去的黏膩與霉氣，這恍如隔世的不真實感，不禁讓葉季玲開始懷疑她當天所待的地點是否真有如此令人感到不寒而慄。

是因為濕氣所造成的影響，還是原本溫度就這麼低呢？

葉季玲不知道，也不想去追究原因。

啪答、啪答。

啪答、啪答。

兩人的腳步聲再度於偌大的空間迴盪，彷彿此刻連一根針掉在地上的聲音都能聽得十分仔細，只不過，與上次進來時截然不同，才剛踏入樓梯轉角處，葉季玲便清楚聽見有人遁入水中而濺起的水花聲。

這個地方，有人！

「葉季玲妳等一下！」

無視項毅展的著急呼喚，葉季玲第一時間直接循著聲音方向、連滾帶爬火速趕到泳池邊，也不管方才跌跤時膝蓋上的擦傷究竟有多痛，她二話不說跟著眼角餘光捕捉到的身影一同躍入池中。

「撲通」一聲，巨大的聲響霎時傳入葉季玲耳中，與水面強烈撞擊的當下她感覺自己的感官似乎開始麻痺，大幅面積的碰撞使葉季玲下意識緊閉雙眼並用手護住臉部，避免自己再度受到二次衝擊。

然而，她的右手卻緊緊攫住某物體不放。

抓到了。

大量白色泡沫散去後，映入眼簾的是看似永無止盡的深層水域，一縷黑色的髮絲於手中飄散，輕柔地漫成如網般美麗的畫面，幽魂般的少女依舊待在原地靜靜等著，帶著憂傷的笑容仰望永無天日的未來。

和上一次相比，葉季玲發現她的頭髮似乎又更長了些，猶如綿延不斷的思緒，隨著時間在水流中緩緩飄蕩。

其實，葉季玲原本也沒有把握能在泳池中順利找到少女，因為上次她是湊巧被拉下去才得以目睹對方的存在，直到方才進入體育館為止，她都還在為如何找到少女這件事傷透腦筋。

因此，當葉季玲聽見泳池有動靜的當下，便直覺這是不可錯過的良機，當機立斷的結果就是說什麼也要想盡辦法抓住對方，將自己滿腹的疑問通通提出來問個夠才行。

說不定，這是她最後的機會了。

看著少女平靜的臉龐，葉季玲內心突然湧上一股哀戚，一時之間分不清楚那究竟是自己還是對方的情感，有一瞬間她總覺得少女口中會吐出一個殘忍的事實，讓她心中的臆測就此成真。

彷彿有道傷在心口被劃開，那股撕心裂肺的痛開始不斷拉扯，不該屬於她或者對方的記憶逐漸重疊，讓葉季玲的情緒再度陷入無法自拔。

妳不是厲鬼，妳從來都不是！

求求妳告訴我妳的名字。

葉季玲強忍著淚水欲張口詢問，卻忘了自己仍處於水中，刺鼻的池水大量湧進咽喉，嗆得她不得不趕緊閉口保存最後的一絲氧氣。

但是，少女並沒有說話，只是笑著搖搖頭、指了指自己以及葉季玲的制服，最後她來到葉季玲身旁，伸出手將對方輕輕往上推，似乎是在提醒對方還有人正在上頭焦急等著。

妳很善良。

這是葉季玲浮出水面前，少女透過唇型唯一告訴她的話。

「妳這個超級大笨蛋！都還沒找到男朋友就急著要去當替死鬼嗎？我告訴妳，如果妳就這樣死了，我絕對會託夢給妳家人叫他們不准幫妳冥婚！聽到沒！要是再有下次，我就直接叫人幫妳立一個『剩女牌坊』讓妳永遠不敢出去見人！」

當葉季玲的意識終於拉回現實時，她人早已被項毅展抱上岸，而站在一旁的月老則是雙手叉腰、氣得用言語開始進行精神攻擊，如果換作平時葉季玲鐵定會恨得咬牙切齒，但此刻她只覺得很想哭。

看著為了救她而全身衣服都濕透了的項毅展，以及因為自己魯莽行為而不斷開口咒罵著的月老，不知道為什麼葉季玲一直覺得有什麼悶悶的感覺不斷囤積在胸口，讓她難受得忍不住想大哭一場。

「對不起啦我下次真的不會了嘛——」

她不禁開始嚎啕大哭起來，不僅讓原本毒舌模式加倍開啟的月老陷入沉默，就連葉季玲自己也感到一陣錯愕。

奇怪，她為什麼會哭成這樣？距離上次哭泣已經有多久了呢？她記得自己應該不是這樣的人才對啊……

「唉，要妳再問一次果然是錯誤的決定。」

月老深深嘆了口氣，從葉季玲的肩膀拾起一根極為細長亮麗的髮絲。「妳還是受到對方的影響了。」

影響？什麼影響？葉季玲努力想遏止不斷潰堤的淚水，但早已泣不成聲的她終究沒能問出來。

「絲，同時也代表永無止盡的思念，看她的頭髮妳應該知道，那與日俱增的情感與哀傷妳是碰不得的。」

彷彿沉重的低語，葉季玲似乎聽見月老再次呢喃：「妳碰不得的。」

「就算碰了又怎樣，大不了我像現在這樣大哭一場就行了嘛！我還是想幫助她離開那個鬼地方……」

葉季玲依然淚如雨下，但一想到日後的實際問題她就一個頭兩個大，雖然動不動大哭一點也不符合她的形象，只是當腦海再度浮現少女那哀傷的神情時，葉季玲的心便會感受到那如刀割般久久無法痊癒的痛楚。

因為，內心不斷有個聲音告訴葉季玲，自己將會是協助少女擺脫桎梏的最後希望。

無論能否成功。

「妳這丫頭說得倒簡單，如果只要大哭一場就沒事的話，那這世界就天下太平了！妳的職責是根據累世因果幫人牽起應有的姻緣線，不是犧牲小我、完成大我好成全別人的心願！妳沒那個本錢當聖母，只有蠢貨才會把自己賠進去！」

月老憤怒的食指拚命戳著葉季玲的額頭，逐次加重的力道讓她被攻擊的部位逐漸泛紅了起來。

「我不管妳那氾濫的同情心是怎麼想的，但我警告妳，接下來妳不准再接近那個厲鬼半步！就連頭髮也不准碰！懂嗎？」

「懂你的大頭鬼啦！你這個黑心月老老是出爾反爾到底想怎樣？我不接近她最好有辦法完成任務啦！」

葉季玲的淚水終於止息，她抹去眼角的淚換上怒不可遏的表情，直接站起來和對方大眼瞪小眼，只差一步就準備捲起袖子和對方幹架了。

「規則由我訂所以我說了算，有本事不按牌理出牌，那妳就要有抱著必死的決心的準備。我再重申一次，只要妳再碰到對方一根寒毛，我就直接判妳出局，有時間在這邊跟我討價還價，倒不如用妳的腦袋想想下一步該怎麼做吧。」

「誰跟你討價還價了！你這個卑鄙無恥下流沒良心不守信用又愛算計別人的討厭鬼！」

「隨便妳怎麼說，反正要不要聽是妳家的事，從頭到尾我只要對得起妳家世世代代供奉我的祖先就夠了，其餘的事我不想插手也不想管，妳只要記得不要做出讓我無法向妳家人交代的事就行了。」

聽到月老這番話後，不知道為什麼葉季玲的眼眶開始逐漸泛紅，因為憤怒而緊握的拳頭也悄悄顫動著，她怒視著眼前的銀髮少年，當下明明有很多可以反駁的話卻什麼也說不出來。

她原本以為月老平常只是嘴巴壞了些、實際上是個好人沒錯，但她萬萬沒想到對方性子竟然如此惡劣，講明白點，會跳出來幫助自己恐怕也只是為了給家族一個交代而已，她能不能完成任務對他來說根本不痛不癢，頂多是少綁一個人的紅線罷了，他根本不需要對任何人負責。

對方真正的目的，恐怕只是想做做樣子好回應虔誠信徒對他的信仰而已，就算真的會有人因此而幻滅，那也是她自己的問題，對吧？

葉季玲很想哭，但這次是被對方氣哭的，也許打從一開始她心中那個和藹的月老根本就不存在，眼前那冷酷無情的傢伙才是這所有假象中逼她不得不承認的殘酷事實。

是她葉季玲太笨了，才會相信月老真的是想解救她的姻緣危機才前來助她一臂之力……

這世界本來就沒有規定誰一定要對你友善，願意釋出善意充其量不過是一種禮貌表現而已，不必付出真心。

而她，本來就不該把月老視為一份子。

人與神之間，從來只有祈求與階級。

「我會完成給你看的。」

葉季玲頭也不回地轉身離去，眼底的淚絕不因對方而輕易落下，在那倔強與堅強的背後，心裡似乎也萌生了這輩子從未有過的情感。

時間的齒輪依舊不停轉動著，一切的發展似乎開始有了未知的變數，而在這的同時，被命運所操控的因果正悄悄改變……

回去之後，身體一向強健出名的葉季玲突然莫名發了好幾天的高燒，整個人只能虛弱的躺在床上休息，眼看溫度遲遲沒有退的跡象，看在葉季玲一家人眼裡也不由得擔心起來。

「唉，妳這孩子怎麼總是喜歡讓父母操心呢……來，這樣子有沒有比較舒服些？」

葉季玲的母親將浸過冰水的毛巾擰乾後輕輕放在她的額頭，希望這麼做可以稍微降低她的溫度，畢竟自己的孩子發燒這麼久了都沒退燒過，做母親的也只能在一旁乾焦急而已。

「媽，我沒事啦，只要讓我再睡一下就好了……」

葉季玲努力的想撐起眼皮，但濃厚的睡意與體內炙熱的高溫卻使她的腦袋感到昏昏沉沉，似乎快分不清楚夢境與現實了。

怪了，我怎麼會這麼睏呢？感覺已經睡好久、好久了，是不是只要一直睡下去，所有煩人的事就能通通消失呢？

就讓我再睡一下吧……

「喂喂喂葉季玲妳千萬不要給我睡著啊！睡一下是可以，但妳已經完全昏睡好幾天了！快起來啊這會死人的！」

「孩子的媽妳先冷靜別激動啊，妳再用力下去我們的女兒就要先被妳弄死了。」

葉季玲的母親發了狂似的拚命扯著對方的衣領想把葉季玲喚醒，但這個舉動看在旁人眼裡根本就是加害行為，先不說對方是否能順利清醒過來，光是那驚人的力道就嚇得葉季玲的父親趕緊出面阻止，避免寶貝女兒直接撒手歸天。

「你叫我冷靜是要怎麼冷靜！我辛辛苦苦懷胎十個月的孩子都已經踏入棺材一半了！我最好冷靜的下來！」

「就是因為這樣才要妳別激動嘛，來，先深呼吸冷靜一下，妳急成這樣孩子的燒也不會退啊，再這樣下去不是辦法，我看我們還是先送醫院比較妥當。」

「欸，你不覺得奇怪嗎？這孩子平常也沒生過什麼病，怎麼會突然發燒成這樣呢……該不會，她是被什麼髒東西煞到了吧？」

就在這時候，房間的門被猛然推開，一名老婦人踩著蹣跚步伐緩緩走向前，而現場兩人見狀後都不由得發出一聲驚呼。

「媽！」

上了年紀的老婦人沒有答話，只是揮手示意要兩人先離開，這裡由她看著就好。看著對方的動作，兩人即便內心有些許擔憂，還是乖乖遵照她老人家的指示離開現場，將一切交給信任的人來處理。

「玲玲，妳還醒著嗎？」

她總是習慣喊著對方的小名，「身體有沒有比較好些？」

「阿嬤……」

葉季玲勉強睜開眼，映入眼簾的是奶奶那熟悉的笑容，從葉季玲有記憶以來，奶奶總是帶著溫柔的微笑聽她說話、教導她做事。從小到大，葉季玲從沒見過奶奶動怒，那慈祥的笑容彷彿至始至終都一直深深刻印在腦海，不曾改變過。

「玲玲，愛一個人需要極大的勇氣，恨一個人亦然，如果沒有相當的覺悟，這樣的情感將會蒙蔽自己的心智。」

她笑著，輕輕摸著葉季玲的頭。「妳相信我們都是為妳好嗎？」

葉季玲不明白奶奶為何會突然對她說這些話，但她還是點點頭，給對方一個肯定的答覆。

「既然如此，那妳就好好休息吧。」

老婦人起身，逐漸離開了葉季玲的視線，而直到她關上房門的那一刻，聲音依舊輕柔得讓人即將睡去。

「有的時候，試圖放手並不是讓自己解脫，倘若沒有真正下定決心，那反而會成為傷害自己的利刃啊。」

在葉季玲進入夢鄉的同時，模模糊糊之中，她感覺到似乎有一雙手不停摸著她的額頭，雖然有些冰冷，卻有股說不上來的安心。

彷彿，很久以前也有一個人對她這麼做過。

第五章　被塵封的過往

有的時候，總會差點忘記。

我們原本就是孤單的來，也要孤單的離開。

因此選擇孤單的愛，孤單的忘記。

經過一個多禮拜的休養後，葉季玲的燒奇蹟似的退了下來，不但沒留下任何因高燒不斷而迸發的後遺症，不藥而癒的她彷彿從此脫胎換骨，一向活力旺盛兼有不死鳥之稱的葉季玲終於再度復活了。

坐在自家院子裡，暖暖的薰風吹得她眼睛不由得瞇成一條直線，灑落於樹影斑斕間的金色陽光美得如此讓人讚嘆，在這麼一個愜意又舒適的午後，穿著無袖白色洋裝的葉季玲猶如一隻在屋頂上曬太陽的野貓，終於忍不住伸起一個大大的懶腰來。

慵懶的午後，果然只適合做些慵懶的事啊。葉季玲如是想著，臉上洋溢著一種名為滿足的幸福。

在這燠熱時節裡，不減反增的暑氣總是容易讓人吃不消，再加上近年來溫室效應的影響，一到了夏天，高溫沒來到三十度的日子恐怕是少之又少，因此每到了中午時段各個街道基本上可說是杳無人跡，家家戶戶都習慣把自己關在家中吹冷氣去了。

更何況，今天還是禮拜天呢。

「吶，好久沒去學校了。」

葉季玲起身輕輕踢著眼前的小石子，百般無聊。

依稀記得她老媽說過，這幾天班導和徐小蕙有打來家裡詢問近況，可惜的是她一直昏睡的關係，所以錯過了對方來電。

放假固然很好，但久了以後便會覺得日子其實也挺無趣的，還不如到學校聽老師講課或和同學打鬧還來得愉快。

或許，她是感到寂寞了呢。

「玲玲，有客人來找哦。」

「喔，我知道了。是來求姻緣的嗎？」

奶奶的一聲呼喚將她的思緒拉回現實，循著聲音方向望去，便看見奶奶雙手供於背後，笑吟吟地望著她。

有的時候，葉季玲真的覺得奶奶很神祕，對方身上彷彿潛藏著許多她所不知道的祕密。

「不是，是妳同學。」

同學？奇怪了，她怎麼不記得自己有告訴過任何人她家住哪啊……難道說，是小蕙？

一提到最有可能對自己身家資料瞭若指掌的嫌疑人，葉季玲腦中除了徐小蕙這個完美解答外再也想不出第二人，只不過，平常假日邀約老是以「放假日是提高自己偵查實力的大好時機」當藉口推辭的徐小蕙，今天怎麼可能突然佛心來著特地跑來找自己呢？

抱持著困惑的心情，葉季玲最終還是選擇往大廳移動，畢竟有同學來找她是件值得高興的事，至少可以稍微緩解一下這些日子以來的枯燥乏味。

只是當葉季玲歡天喜地的來到大廳後，原本的好心情在看見來者的當下直接煙消雲散，就連臉上的笑容也在同一時間頓時僵掉一大半，取而代之的不是預想的驚喜而是所謂的驚駭。

「你你你你你項毅展你怎麼會出現在我家？我家只有供奉月老可不記得有供奉你這尊大佛啊啊啊啊啊啊——」

葉季玲不斷顫抖的食指此刻驚恐地指著對方，說話開始結巴就算了，她覺得自己的下巴也快要跟著掉下來了。

沒錯，目前穿著居家常服、出現在葉家大廳的人正是項毅展本人無誤，他手持著一杯剛沏好的龍井茉香綠，悠然自得的坐在紅檀木太師椅上，或許是因為本身氣質使然，那畫面乍看之下竟然毫無違和感，反倒有股賞心悅目的愉悅。

「哎呀呀，這不是我那可愛的寶貝女兒嗎？何時認識了這麼一個小帥哥怎麼不跟媽咪說呢？害我還以為妳這輩子的男人緣通通死得一乾二淨了。」

葉季玲的母親迅速從廚房飛奔出來，手上還端了一盤剛切好的蘋果，她向葉季玲投以一個曖昧的眼光，臉上那笑容說有多燦爛就有多燦爛。

人家說少女情懷總是詩，但葉季玲覺得她老媽看起來根本就是在發花痴好嗎！還媽咪勒！她家老媽何時這麼輕聲細語對她說話過了？人家只不過是長得比較好看些就熱情成這樣，是有沒有差這麼多啊！

我是妳生的，長成這樣難道妳就不必負點責任嗎？

一想到這點，葉季玲就感到欲哭無淚。

「來來來，天氣熱多吃點水果消消暑氣吶，話說同學你叫什麼名字？家住哪裡？功課怎麼樣？有沒有女朋友？你和季玲是怎麼認識的啊——」

「媽妳夠了！不要隨便對別人做身家調查！還有，我們有事要談所以妳趕快出去！」

「寶貝妳別這麼兇嘛，人家媽咪還想跟未來的女婿多聊些，妳這樣媽咪看了真的覺得好心寒、好害怕呀。」

「出去出去出去！誰跟妳未來的女婿了！一個可以拿拖鞋一口氣幹掉五、六隻臺灣蟑螂的人沒資格跟我說害怕！」

葉季玲不耐煩地將不斷犯花痴的老媽往門口推去，而後者則是依依不捨地望了少年最後一眼，這才終於離開。

目送母親逐漸遠去的背影，等確定對方真的離開、沒趁機留下來偷聽後，她這才沒好氣的拿起一旁的蘋果塞進嘴巴洩憤，坐下來準備向對方問話。

「還要一片嗎？」對方將水果盤推向她。

「喔，謝謝……不對！你怎麼知道我家住哪？」

「入學註冊時有留下資料。」

「就算是這樣，那你也不可能看得到吧？」

「敝校學生會長擁有調閱在學學生資料的權力。」

「……不對吧你這樣不是違反個資法了嗎！你怎麼可以隨便調我的資料出來看！」

「學生因故未到校，身為學生會的一員有義務前往了解詳情，以便給予最大的協助與支援。」

「……很抱歉我不該認真和你討論這個問題，那能請你告訴我你來我家有什麼事要說嗎？」

對於項毅展的答覆，葉季玲真心覺得要是再糾結下去，恐怕氣到胃出血的會是自己，因此她乾脆話鋒一轉，直截了當切入正題。

至少，這麼做她比較不會得到腦充血的答案。

對吧。

「那天之後，妳還好嗎？」

「蛤？」

聽見這句話的當下，正在喝茶的葉季玲口中的茶水差點噴了出來。

她愣愣地轉頭，想確定對方究竟是不是在開玩笑，只不過當她看著對方那張萬年不變的冰霜臉時，葉季玲第一次覺得原來自己也可以這麼心平氣和地凝視對方。雖然他表情背後的心思總是令人難以捉摸，但是那雙澄澈的眼卻總能真誠地對待自己，不曾出現半分假意。

很美，真的。她發自內心讚嘆著，即便哪天得知這不過是偽裝出來的假象，她恐怕也會甘之如飴，坦然接受。

只不過，對方為什麼會這麼問呢？難道她發燒的消息已經被徐小蕙這個免費大聲公放送出去了嗎？

「放心啦，我燒已經退了，明天就可以去學校了。」葉季玲微笑著，隨手放下手中的茶杯，腦海此刻卻掠過了一個不該出現的身影。

一個早該成為影子的影子。

「我相信妳知道我在說什麼，如果妳不想提，我就不問了。」

項毅展別過頭，眼神轉向大廳外灑於階梯上的陽光，以及幾隻在枝頭上躍動的麻雀，吱吱喳喳的聲響與午後的蟬鳴交織成一首別具一番風格的小曲子，持於手中的溫熱茶水升起了裊裊白煙，模糊了來者的面容。

或許，葉季玲一直都是明白的，只是刻意不提罷了，因為只有這麼做她才能重新拾回自我，選擇在擦乾眼淚後繼續邁開步伐向前行。

她和月老只有契約關係，除此之外就什麼都不是了，只要她完成對方所交辦的任務，很快的她就能再度回到從前平靜的生活，過著平凡卻能每天微笑的日子。

正因為她是月老代理人，所以她必須比其他人還要來得堅強、還要來得努力才行，如果對方打從一開始就不看好她，那麼她就會將事情做到最好最滿意為止，即便得耗上好些時日她也不在乎，她勢必得讓那些人澈底明白自己絕不如對方所想的那麼不堪一擊。

而這樣看似單純且堅定的信念，卻是激勵葉季玲勇往直前的心靈支柱。

「我想和你討論那天在泳池中少女透露給我的訊息。」

葉季玲率先打破沉默，而這出其不意的舉動則是讓項毅展感到頗為訝異，在他心中對方也許確實有著柔弱的一面，但是現在看來她並沒有自己所想的那般脆弱。

堅強，是每個女性勇於接受現實後獨自面對一切的檢視。只有經過世間的淬鍊與考驗，才有機會讓她們發覺自己的價值、獨一無二的存在。而選擇堅強的女人，她所散發出來的光芒總是讓人感到美麗與憐惜。

「請說。」他現在唯一能做的，是在背後盡全力支援她。

「雖然我不確定對方是否能感應到我在想什麼，但目前唯一能肯定的一點是，當我問她的名字時，她當下卻選擇搖頭、並用手指了我和她的制服，你覺得這兩者當中有什麼關聯嗎？」

「制服？妳確定她真的這麼指？」

「對啊，她穿的那件應該也是制服，只是長得不太一樣而已。」

似乎察覺到事有蹊蹺，項毅展頓了一會兒後，這才緩緩開口：「那妳還記得她穿的衣服有什麼特色嗎？」

「嗯……我記得和我們學校的制服款式差不多，只不過她的衣服似乎有繡紅槓，而且袖子的部分好像還有一圈亮亮的金絲。」

「有繡紅槓啊……」

在他的記憶裡，制服上會繡紅槓的學校並不多，若葉季玲所言無誤，那麼還會在袖子上加上金絲作裝飾的學校，經過篩選後就只剩下一種可能性了。

只不過，這個解答讓他感到不是很滿意，因為這同時代表著他們還有諸多疑問尚未解決，現階段解開的不過是冰山一角罷了，埋藏於水面下的祕密恐怕不如一般人所想的那麼簡單。

少女的名字、對方為何會出現在泳池底部，以及她所等待的究竟是什麼。

也許，打從一開始他們就搞錯方向了。

「季玲，月老派給妳的第一個任務是什麼？」

「喔，就是幫人魚姬綁上紅線啊……等一下！」

聽見項毅展這麼一問，原本漫不經心回答的葉季玲眼睛突然瞪得老大，彷彿想起什麼似的，馬上火速衝回房間從書包抽出那本月老交給她的手冊，待本子攤開一看，她終於知道問題出在哪了。

請替雙方綁上紅線，以製造彼此進一步接觸的機會。

因為少女曾對葉季玲說過「我想離開」，因此之後葉季玲便下意識將任務重心擺在如何幫助對方脫離待在池底的命運，殊不知少女所謂的「離開」和月老手冊上給予的任務其實可具有重疊性。

如果說，少女的願望真的是離開那不見天日的地方，那麼替她與所尋之人綁上紅線是否就能成為她順利離開的契機？

但是，這又是為什麼呢？

似乎理出點頭緒的葉季玲再度陷入死胡同，所有的一切乍看之下可以說得通，但如果仔細回想起來，便會發現當中似乎又隱隱感覺到有些不合理，這種似是而非的矛盾感不禁讓葉季玲迷惘了起來。

究竟，是哪個環節不對了？

「這麼看來，我想的應該不會錯。」

看著手冊上的文字，項毅展篤定了心中的答案，但看在葉季玲眼裡依舊是一頭霧水。

「什麼意思？」

「大約在七年前，學校曾經大動作更換制服及運動服的款式，雖然具體詳情並不清楚，不過我曾翻過校史紀錄，印象中是這樣沒錯。」

「你的意思是，人魚姬其實就是我們的學姊？」

「這個可能性不能說全無，不過還是得等到妳看見照片再下定論，明天一早我們就去校史室一趟，時間所剩不多了。」

唉，時間已經所剩無幾了……

一想到時限在即，葉季玲便不由得感慨起來。

說實在話，對於任務時間葉季玲一開始也不怎麼在意，畢竟對她來說時間給的還算充裕，即使自己再怎麼笨再怎麼蠢好了，要在期限內完成絕對是沒問題的。

只不過，她萬萬沒想到，到了最後依舊是人算不如天算——

她葉季玲竟然發了足足一個多禮拜的高燒啊。

這下可好了，照這天數一扣下去，迫在眉睫根本已成事實，原本以為可以悠悠哉哉慢慢解決問題的葉季玲也開始跟著著急了起來，要不是有項毅展提醒，她自己大概也忘了還有時限這回事。

距離任務截止日，還有四天。

一想到這看似充裕卻又令人膽戰心驚的數字，葉季玲真心覺得這真是個天大的挑戰，虧她當初還很篤定地對月老說會完成給他看，要是不再對自己多點信心，那她是要怎麼在對方面前扳回一程呢？

三兩下就打退堂鼓可不是她葉季玲該有的表現。

到了早上，葉季玲以最快的速度梳洗完畢後，馬上揹起書包、抓著吐司直接出門去，雖然葉季玲一直很期待回到學校和同學們見面，不過事情總有輕重緩急之分，她還是先解決燃眉之急再說吧。

叼著吐司的葉季玲早已在出門前估算過第一個到教室的同學此刻出沒的機率究竟有多高，因此等她左顧右盼、確定真的沒人後，便趁這個機會趕緊放下書包，以看起來不怎麼雅觀的模樣迅速趕到校史室門口集合。

校史室，對許多學生來說一直是個神祕的地方，一般而言很少會有人得知它在校舍裡的確切位置，即使有人提及校史室的存在，也不會有任何學生去在意是否真有這麼一個特殊的場所，甚至是一探究竟。

在葉季玲所就讀的高中裡，校史室其實位於體育館四樓，和各處室相比，可以發現地理位置根本差了十萬八千里，唯一勉強能算是鄰居的，大概也只有位在三樓的圖書館了。

很多學校都有校史室，但不知道為什麼大多數的學生都不知道它的存在，要不是因為前一晚葉季玲刻意上網查了學校的校舍平面圖，她發誓自己這輩子絕對沒有這麼鉅細靡遺地研究過學校的每一個角落。

「早安。」

淡色的金光穿過窗子灑落在走廊上，倚靠在牆上的項毅展手上拿著一本小書細細閱讀著，一聽見對方氣急敗壞的腳步聲由遠而近，他自然地收起目光抬頭看向來者，輕輕道出一聲早安。

那抹淺淺的微笑，靜謐得宛若一幅畫，彷彿所有的時間都為這美好的瞬間靜止，將永恆的剎那凝聚成一世的悸動。

「早。」

葉季玲在原地喘口氣後，將原本叼著的吐司慢慢塞進嘴巴咀嚼，眼裡有些埋怨。「不過話說回來你也未免太早了吧，我這麼早爬起來早餐都還來不及吃耶，你平常到底都幾點起床啊？」

「五點。」對方回答得很乾脆。

「……你不必認真回答我沒關係。」

雖然昨日項毅展確實有說過隔天一早要到校史室一趟，不過他們兩個到頭來也沒有約好確切時間，這件事還是在葉季玲準備就寢時才想到的，只不過神奇的是她怎樣也想不透自己竟然還真有辦法在這個時間點找到對方。

要是她到了早自習或者第一節下課才出沒，真不知道對方會在這裡等多久。

「走吧。」

項毅展從口袋掏出鑰匙，甫一出聲便將葉季玲的思緒拉了回來，雖然葉季玲不明白學生會長的權力究竟有多大，但是任何地方的鑰匙都能弄到手這點還是讓她感到佩服不已。

畢竟，現在這個時間學校的行政人員都還沒開始上班啊。

「喀擦」一聲，眼前那扇漆著柚木色的木門被打了開來，咿呀的聲響頓時在空曠的四樓迴盪著，積了些許灰塵的門面並不如想像中老舊，透過裡頭的光線還是能依稀目睹它昔日的光采。

而這樣的一扇大門，彷彿隔絕了外界不曾止息的時空流轉，靜靜守著曾經有過的歲月足跡。

才剛踏入，揚散於空氣中的灰塵隨著光線折射，葉季玲看見的是一排又一排平行並列的高大木櫃，宛若圖書館慣有的排列模式，木櫃前分別列了兩張大桌子，而木椅則是整齊地倚靠桌面。

彷彿很久沒有人動過般，這裡塵封的是屬於這所學校的記憶。

「我記得應該是放在這附近才對。」

項毅展來到其中一排木櫃前，修長的手指輕輕觸著架上早已褪色的檔案夾，過沒多久，他似乎找到目標了。

「就是這個。」他抽出其中一本檔案夾，循著頁碼，小心翼翼翻開到貼有兩張照片的頁面指給葉季玲看。

「妳當初在水中所看見的款式，是不是長這樣？」

泛黃的紙上貼著兩張看似從報紙上剪下來的報導，不必細看文字葉季玲便可得知它所報導的對象正是自家學校，照片中有兩派學生穿著截然不同的校服，其中一方所穿的正是葉季玲他們現在所使用的款式。

而另一方所穿的，竟然和那名少女的衣服一模一樣。

揮別三十年傳統　兩派學生意見相左紛爭不斷

「奇怪，這件事有嚴重到需要上媒體版面嗎？」

葉季玲不禁喃喃自語了起來，只是當她隨手往後翻時，這才發現接連好幾頁的篇幅都是關於校服款式更換的剪報，學生們的抗議如野火般不斷延燒，靜坐、抗爭、衝突……一幕幕場景宛如歷歷在目，學生的怒火即使過了好幾年，那般激烈的情感依然能在不同時空引起軒然大波。

是不甘、不滿的情緒在吶喊，無法壓抑住那股如大水般傾瀉而出的怒氣……

摸著剪報的手不停顫抖著，葉季玲感覺似乎有什麼開始壓得她喘不過氣來，這些明明不干她的事，所以她不該有任何感覺才對，但是，她的視線卻穿透眼前的報導落在遙遠的彼端，再也無法聚焦。

一聲聲尖叫與哀鳴在她耳邊哭喊著，腦海中殘存的影像一閃即逝，彷彿即將拼湊成一幅幅熟悉的畫面，卻又在影像清晰之時再度瓦解、碎裂。

那是，曾經潛伏於影子的夢魘……

「沒事的，那些都是過去式了。」

一隻大手輕輕覆蓋在她的手背上，讓葉季玲登時回過神來，當她再次定眼仔細瞧上頭的剪報時，原本的憤怒與驚惶等情緒彷彿不曾存在過，此時此刻在她眼裡的那些報導只不過是過去的時事，只是歷史的紀錄罷了。

先前的影像與聲音，通通都消失了。

剛剛……她究竟看到了什麼？

葉季玲試圖回想當時浮現腦海的畫面，卻發現自己怎樣也想不起來到底看見了什麼，她知道，那從影子攀升而出的是源自於內心的恐懼與憎恨，但是她自己本身並不具備如此強烈的情感，既然如此，那為何當年的報導事隔至今依然能與她產生如此強大的共鳴呢？

不對，現在不是思考這件事的時候。葉季玲立刻搖頭拋開這個疑問，將焦點轉移到更換校服一事。

「學生們的反應真的是太奇怪了，我記得我國中時校長也宣布過要換校服，但是根本沒有多少人針對這件事提出反對聲浪，即使有也不可能嚴重成這樣才對。」

「確實很不對勁，雖然媒體上說反對方是為了維護傳統才挑戰校方權威，但不管怎麼看這番說詞也未免太牽強了。」項毅展摸著下巴思考，隨後往其他排櫃子走去。

「所以說，換校服一事果然另有隱情囉？」

雖然說是這麼說，但實際上葉季玲對此番推測也沒什麼把握，畢竟當年參與抗爭的學長姊都不知道畢業到哪去了，這種不風光的過往從近幾屆學生都不知情的情況下可得知，學校是完完全全鐵了心要澈底將它的過去塵封，即使去問一些較資深的老師，對方恐怕也是不願提起吧。

唉，這件事的始末照理來說她可以不用管才對，但為什麼她偏偏覺得這條線索或多或少可能可以幫助到泳池裡的少女呢……

多事之人必有多事之秋啊。

葉季玲默默慨歎著，也不管項毅展是否有回覆她的打算，便逕自隨意翻起資料夾觀看，每一頁的剪報就如她所想的一樣，通通都是學生一次又一次為反對所發起的運動，即使後來校方公開回應願意聽取各方意見，但到頭來唯一不變的仍是更換校服的決策。

葉季玲不明白，當初學長姐真正要爭取的到底是什麼？而學校為什麼在面臨多方施壓的情況下仍然堅持己見呢？

雙方不肯各退一步的表現，真的太令人匪夷所思了。

就在葉季玲終於翻到事件抗爭的最後一頁時，眼尖的她發現貼在泛黃白紙上的那則剪報似乎有些不太一樣，或許是為了保存的關係，因此前幾則報導都是小心翼翼地貼在紙上，看起來相對平整許多。

但是，這一頁的剪報四個角落並非像之前一樣皆以膠水黏牢，左下角及右下角與白紙間其實是有段距離的。

葉季玲二話不說迅速將白紙從資料夾內抽出，果不其然只有這則剪報改以浮貼的方式固定，她下意識伸手將它掀起，卻意外發現覆蓋下的白紙竟寫了這樣的字句。

縱使時間的洪流能沖淡人們的恨意

我也不可能輕易忘去逐漸被眾人所遺忘的祕密

I beg for your pardon.

這是什麼意思？文字中的「我」是誰？而他乞求寬恕的對象又是指何人？

種種疑問開始以排山倒海之姿向葉季玲襲來，這突然竄出的小插曲讓她對於整起事件感到相當在意，直覺告訴她這當中已有著不可忽視的嚴重性。

這一切，可能遠比他們所想像的還要來得複雜。

「項毅展，你來一下。」

「嗯？怎麼了嗎？」

他走到葉季玲身旁，正好看見她將其中一則剪報掀了起來，而隱藏在報導底下的文字馬上一覽無遺。

假若是在平日，眼前這幾段文字他可能只會當作是前人所遺留下來的記錄，但是，截至目前為止他們所遇到的情況早已和往昔大不相同，任何一個小細節都很有可能與他們所尋求的解答息息相關。

一旦錯過了，就再也找不出真正的謎底了。

這個「祕密」，也許是迫使校方堅持政策的主因。

「這麼看來，還未解出的謎團似乎又多了一個，起碼目前我們能確定的是，妳看見的那名少女確實是我們的學姊沒錯。」

項毅展沉默了一會兒才開口。「只不過，有件事我一直很納悶——」

「季玲，妳當時應該是問對方的名字才對，但是她為什麼只選擇告訴妳關於校服的事呢？」

對啊，究竟是為什麼呢？

聽到項毅展的疑問後，葉季玲也開始跟著沉思了起來。確實，如果僅是告訴對方自己的身分是學姊，那這條線索對於名字的探索依舊是大海撈針，假若少女真心希望她能解救自己擺脫泳池的禁錮，那麼用如此迂迴的方式到底有何用意？

葉季玲還記得，當時少女先是笑著對她搖搖頭，然後才……

等等，難道說——

「學姊和校方更換校服的決心有關！」

兩人第一時間異口同聲地說出內心的推測，經由這個舉動，彼此幾乎已經能斷定這個想法的真實性了，雖然這個說法還有待商榷，不過目前看來應該確實是如此不會錯的。

冥冥之中彷彿有人牽引，在一片愁雲慘霧中，兩人隱約感覺到這起事件終於出現一絲曙光，在即將湊齊的拼圖裡，他們看見了水落石出的可能性，也對此有了士氣大振的信心。

接下來，他們要做的便是找出學姊的名字。

突然，葉季玲腦海浮現了徐小蕙不久前才對她說過的話。

——「季玲，妳聽過學校游泳池的傳說嗎？」

——「這是十年前開始在學校流傳的故事。」

十年前啊……等一下，十年？

如果傳說是從十年前開始的，也就是說，學姊差不多是在那段時間發生意外的囉？

「沒錯就是傳說！項毅展你有沒有聽過關於學校游泳池的傳說？」

「抱歉，子不語怪、力、亂、神。」

「……誰問你的主張了！我指的是校園傳聞啦！從十年前開始傳的那個傳說！」

「經妳這麼一提，我想起來了，學生之間似乎有流傳過一些靈異傳說，不過我沒特別去注意就是了，妳有發現到什麼嗎？」

「泳池的傳說是小蕙告訴我的，她說這是從十年前才開始流傳的，根據她八卦的個性，『十年』這個特殊的時間點她是絕對不會弄錯的。」

「也就是說，學姊很有可能是十年前的學生？」

「對對對，我的意思就是這樣。」

看著葉季玲像是發現新大陸的興奮表情，項毅展依舊保持著他一貫的冷靜思考，既然十年前學姊曾在這個校園中生活，那麼一定有什麼地方留下對方的足跡才對。

這麼看來，就只剩下「那個」了。

「妳還記得學姊的長相嗎？」他邁開步伐，往最後一排最角落的櫃子走去。「畢竟，這件事只有妳才辦得到。」

「我認人能力還算不錯，這點你大可放心，不過話說回來你問這個幹嘛？」葉季玲也往項毅展前行的方向跟了過去，卻發現他的視線始終落在一整排特地用透明櫥窗保存的物體上。

酒紅色的精裝外殼特別印了一排燙金字體，奪目的光采向眾人宣示著它非凡的意義，從整體別出心裁的設計，可以看出對這所學校而言紀念價值的重要性。

這裡……全部都是畢業紀念冊？

葉季玲睜大眼睛看著眼前那好幾排擺放著紀念冊的櫃子，壯觀的場面不禁讓人嘆為觀止，不僅是紀念冊的數量，還包括它那宛如辭海般驚人的厚度。

「既然對方是十年前的學生，那麼照道理畢業紀念冊應該會出現她的身影才對。」他數著年代依序從櫃子裡挑出三本紀念冊，「學姊確切的入學時間我們無法得知，因此依照年份推算的話，目前看來這三年是最有可能的時間，至於要從哪一年開始找起，就由妳來決定吧。」

高中只有短短三年，學姊究竟是在哪一年出意外的？項毅展沉默不語，這句藏在心裡的話始終沒有說出口。

有些時候，事情的真相往往比自己想像的還要殘忍。

面對這樣的情況時，即使自己再觀察入微，也必須選擇閉口不提。

尤其是，看起來不怎麼單純的意外。

「好吧，我盡可能試試看，不過我可不敢保證會花多久的時間哦。」

「妳放心，我和教官交情還算不錯，公假審核那關絕對沒問題的。」

「……大哥，有些事你真的不必說出來沒關係……」

項毅展把沉甸甸的紀念冊搬到桌上，而葉季玲則是拉開椅子坐下，拿起最上頭的那本翻開內頁，準備開始尋找學姊的名字。

葉季玲目前所就讀的高中一個年級有二十一個班，而在更早之前則是高達三十三個班級，數量之驚人與一個班的人數恰好成正比，因此畢業紀念冊會如字典般厚重自然是再正常不過的事了。

只不過，人數多是一回事，要找到一名與她記憶中學姊長相相符合的人又是另一回事，才剛翻開到第一個班級的全員照，葉季玲整個人就差點崩潰，因為她完全忘了每個年代學生們的造型其實都很容易出現大同小異的狀況，只要稍一個不留神就很有可能會遺漏對方。

為了避免這種情況發生，葉季玲十分仔細地看過每名學生的樣貌，等確定真的不在這個班級後才往下一個班邁進。

就這樣，時間一分一秒過去，牆上的時鐘滴答滴答數著光陰的流逝，而葉季玲的眼皮也越來越沉重，眼睛的乾澀與逐漸追加的疲勞讓她忍不住揉了揉眼睛，偶爾甩甩頭打起精神繼續努力。

當務之急是趕緊找出對方的名字，即使到頭來證明他們只是在做白工那也無所謂，因為他們對自己所付出的努力問心無愧，也就不會有什麼遺憾了。

翻著翻著，隨著時間的推移，葉季玲已經來到了最後一本畢業紀念冊，然而到目前為止依然毫無收穫，這點讓葉季玲的頭也越來越痛了。

奇怪，難道當中真有哪裡搞錯了嗎？

她噘著嘴，皺起眉頭繼續往下翻閱，當她的視線掃過其中一張清秀的臉孔時，葉季玲雙眼突然瞪得非常大，訝異得連嘴巴都快合不攏了。

「項毅展，我找到了！」

葉季玲激動地站了起來，身後被撞倒的椅子也跟著發出巨大聲響，這突如其來的驚呼讓在一旁找資料的項毅展忍不住回頭，看見的是葉季玲眼底藏不住的欣喜之情。

江黎音。

斗大的三個字頓時映入兩人眼簾，似乎告訴他們這一切的努力終於有了回報。

照片中的少女有著一頭秀麗的長髮，那股恬靜的氛圍以及那抹淺淺的笑意完全襯托出對方的氣質，可惜的是除了這張個人照外，其餘團體照中再也找不出少女的身影，彷彿從此人間蒸發般澈底消失。

「由學校歷年來安排拍攝證件照的時間來推算，學姊應該是在高三時離開的。」項毅展看了一下紀念冊的封面，語重心長地說著：「比較耐人尋味的一點是，高中三年各個年級都有屬於自己的重大活動，沒道理在製作畢冊時都剛好放上她不在場的照片。」

「是當事人確實不在場，還是挑選照片時刻意這麼做的呢？」

是啊，到底是為什麼呢……聽著項毅展的分析，葉季玲依舊只能毫無頭緒地望著江黎音的照片發愣，完全想不出任何理由來支撐這看似再正常不過的現象。

照片中每個人都笑得如此燦爛，看得出來這個班級的向心力及團結是那麼的令人羨慕，但是，在這些笑容背後所隱藏的真相究竟為何，那就不得而知了。

唉，大家看起來明明都相處得很和諧啊。

葉季玲深深地嘆了口氣，隨意瞟了幾眼班上同學的照片及人名，結果發現她再厲害也看不出有什麼端倪，只知道即使身處不同年代，學生愛搞怪的性格從照片拍攝來看果然還是一致的。

喔，原來學姊的班導也是男的啊，即使現在還待在學校，大概也是三緘其口的那一型吧。

嗯？劉至翰？……怪了，這名字怎麼有點耳熟啊？

……

……

……

古岸切！劉至翰不就是她那數學當人無數的恐怖教頭兼班導嗎！他怎麼可能會在這裡？

葉季玲不可置信地盯著那張照片猛瞧，兩眼瞪到眼珠子都快掉出來了，臉上的表情依舊無法擺脫不知道是驚訝還是驚嚇的狀態，這樣的結果讓一旁的項毅展都忍不住出聲示意要對方冷靜一下。

「……如果你看到這張照片還能如此淡定，我葉季玲三個字就倒過來寫給你看！」

葉季玲臉色鐵青地將照片和人名指給項毅展看，而後者見狀後先是愣了幾秒，隨後整個人便當場石化，算是明白葉季玲的震驚了。

照片中出現的是名約二十來歲的年輕男子，挺拔的身形與氣度都展現出那不凡的姿態，從手臂上的肌肉線條可以看出對方平時不乏於鍛鍊，僅是咧開嘴而笑便能瞧見那顆稚氣的虎牙，給人增添一股涉世未深的憐愛之情。

不管怎麼看，照片中的男子根本可說是極品中的極品、天菜中的天菜，在當時絕對有本事風靡全校進而奪得第一校草的佳譽，更是師生之間必定互相爭奪甚至不惜反目成仇的搶手貨啊！

但是……

你要她怎麼相信現在挺著大肚腩髮際線已經後退到幾乎要消失不見的劉老頭和照片中的男神是同一人啊啊啊啊啊——

神啊，祢真是太造化弄人了。葉季玲在心中默哀，如果依照少女漫畫的形式，那她此時大概會眼裡泛著不忍的淚光，然後三八地豎起蓮花指別過頭去，算是為這逝去的十年進行哀悼。

如果沒有變化這麼大，那麼班導即使會從型男變成輕熟男，也很有可能會成為大家口中的黃金單身漢啊——

一想到這點，葉季玲便深感扼腕。

「十年，真的很驚人。」這是項毅展解除石化狀態後所說的第一句話。

「只是，變化這麼大不覺得很不尋常嗎？」

「欸？」

對方一突破盲點，葉季玲這才發現所有事情的發生如果整理成時間表，那麼在時間點上也未免太過剛好了。

十年前，泳池的詭異傳說開始出現。

十年後，擔任過江黎音導師的劉至翰外貌出現了驚人的驟變。

七年前，校方不顧反對堅持更換校服的政策。
七年後，在校史紀錄中發現了一則懺悔訊息。
這些看似互不相干、但隱隱之中卻又有所關聯的蛛絲馬跡，會不會成為最後一塊拼圖現身的關鍵呢？
「走吧，既然劉老師還待在這所學校，那就表示學姊的事有機會問個水落石出，我們先回去研擬作戰方針吧。」

窗外的鳥鳴，愉悅地在枝頭躍成一曲樂音。
老師平穩的麥克風聲於教室內迴盪，只有極少數的班級，在操場上吶喊著只屬於他們的汗水與熱情。

而在某間導師辦公室中，難得的只出現兩道影子。
以及，許久未見的沉重氣息。
「妳回來做什麼？」
男人背對女子，倒映在窗上的身影仔細檢視著歲月的刻鑿，以及記憶中早已無法重疊的慨歎。
多年來，每當他望著鏡中既熟悉又陌生的自己時，有的時候他會忘了自己也曾年輕過，彷彿至始至終他一直都是這副模樣。老實說，這些年的改變他從來不曾放在心上，因為無所謂所以才能像現在這樣繼續度過每一天，因為心死所以才能無視旁人的言論繼續做好教書的職責。

日復一日，年復一年，皆是如此。

「這裡是我的母校，難道我不該出現在這裡嗎？」

女子笑著，眼底盡是精明幹練的光采，就如同她那身簡潔俐落的打扮。

「那一天就快到了，所以我先回來看看，但想不到的是你竟然變了這麼多，真讓人意外。」

黑暗中火星忽明忽滅，眼神驀地一黯，從口中呼出的是一下子便消逝的裊裊白煙。「如果她還在，肯定認不得你了。」

這句話的餘音在辦公室內飄蕩，沉默了彼此的聲音，有好一段時間兩人一直靜靜待在原地。

沒有人移動，也沒有人開口。

腦中所浮現的，盡是同一人的身影。

「沒想到已經過了快十年了。」

「是啊，不知不覺十年就要過去了。」

她抬頭，笑得十分燦爛。「而你也恨了我快十年了。」

沒有回頭，他的態度始終如一。「妳清楚自己做了什麼。」

「是啊，這件事我從來沒有忘記過，也不想去推卸責任。」

她將煙頭捻熄，轉身向大門走去，而黑白分明的大眼悄悄閃過一絲哀戚。

「到頭來，我們兩個都是輸家呢。」

俗話說得好：打蛇打七寸、擒賊先擒王。

既然劉至翰擔任過江黎音的導師，那麼關於江黎音一事直接去問她的班導自然是再正確不過的選擇了，只不過，葉季玲現在似乎碰上了一個前所未有的大麻煩——

請完長假後來上學的第一天就接著請公假班導不殺了她才有鬼啦！而且公假單上的請假事由直接寫「協助學生會整理校史室資料」是怎樣！這不就擺明間接告訴班導他的數學課沒有學生會來得重要了嗎？

自從得知項毅展替她請公假的事由後，葉季玲走在回教室的路上便開始祈禱今天一整天絕對不要讓她碰到劉至翰，否則她連自己怎麼死的恐怕都不知道。

當然，祈禱歸祈禱，還是要眼觀四面、耳聽八方才是保全自己的上上策。

搞不好，到了隔天班導就會原諒自己了也說不定。

總而言之，今天一整天都要小心行事才行。

「嘿，季玲，好久不見啦，妳的身體有沒有比較好些？」

才剛坐了下來，只見上完體育課第一個跑回教室的徐小蕙臉上充滿驚喜，見到她時如小兔子般迅速地跳到面前，直接拉了葉季玲隔壁的椅子坐下。

「放心啦，燒退了就沒事了，妳看我像是有生病的樣子嗎？」葉季玲笑得很開心，還不忘和對方打鬧一下。「人家我可是不死鳥呢！哪有可能這麼輕易就倒下。」

「還不死鳥勒，這種話虧妳說的出口。」徐小蕙忍不住消遣對方幾句，「也不想想上次打去妳家時是誰還窩在床上和周公下棋，我本來想說妳要是再不醒過來的話，我就要考慮『王子鬥惡龍，解救睡美人』的方案了。」

「……都什麼年代了能請問一下妳王子要去哪生出來？還有，睡美人的故事版本不是這樣吧？」

「哎呀，這種小細節妳就別在意了。」

徐小蕙笑著看向四周，等確定沒有其他人在場後才回歸正題。「妳今天一來就直接請公假，劉老頭雖然從頭到尾都面帶微笑，不過他簽名時右邊的眉毛倒是挑了一下，我看妳還是多保重吧。」

「……這種事是要怎麼保重！君要臣死臣不能不死啊！」

一聽見劉至翰皮笑肉不笑的反應，葉季玲這個時候才發覺自己真的完蛋了，原本她還想說等到隔天班導說不定就氣消了，但現在聽來挑眉一舉根本無限增添她的恐懼啊，這麼看來事情可不像從前那麼單純好處理了。

葉季玲，妳這次死定了。腦中一個聲音不斷對她宣判死刑定讞，如果現場可以照鏡子，她覺得自己的臉鐵定一整個慘綠。

「說吧，妳現在的任務進度到哪個階段了？」

徐小蕙的聲音頓時將葉季玲從死亡恐懼的威脅中拉起，而葉季玲也非常神奇的第一時間馬上忘了方才的煩惱，進而開始思考起對方的問題來。

「說到這個，多虧妳告訴我關於泳池的傳說，現在我們已經知道人魚姬是誰了，只是沒想到人魚姬竟然會是我們的學姊。」她頓了一會兒後繼續道：「目前下一步要做的，是想辦法從班導那裡問出一些關於學姊的事情，這樣我們說不定就能得知學姊究竟是在怎樣的情況下離開人世的了。」

「問班導？這跟劉老頭又有什麼關係了？」

「啊對了，說出來妳可能不會相信，我們在翻畢冊時，發現原來學姊在世時她的班導師竟然就是劉至翰，而且更令人不敢置信的是，班導十年前跟十年後的長相根本是天差地遠，妳看見後絕對能動搖妳電子資料庫中的『外貌協會之雄性教師篇』排行榜！」

「嘖嘖，聽妳這麼一說，劉老頭最後一名的寶座說不定真的要拱手讓人啦。」徐小蕙瞇著眼摸著下巴思考，似乎獲得了不錯的消息來源。「既然如此，那妳找到要和人魚姬綁紅線的對象了沒？即使妳弄清楚一切來龍去脈，沒綁上紅線一樣算是任務失敗呀。」

「唉，這就是我目前最煩惱的問題啊。」

葉季玲深深嘆了口氣，繼續說著：「學姊的願望是離開泳池，原本我想說這和任務內容根本毫無關係可言，但之後仔細想想，又覺得綁紅線的對象說不定是能讓學姊離開的關鍵，但不知道為什麼這當中好像又有哪裡說不太通的樣子……唉呦，這件事真的好煩喔，感覺好像找到方向了但又很矛盾呀。」

「總而言之，你們現在最大的問題，就是手頭上完全沒有任何關於要和學姊綁紅線的對象的資訊，對吧。」

一聽見徐小蕙精闢地點出問題所在後，葉季玲眼睛一亮，立刻點頭有如搗蒜。「對對對，小蕙妳真的是太厲害了！妳這句話還真的是一語道破、直搗核心，簡直讓我受益無窮啊。」

俗話說得好：當局者迷，旁觀者清。她所需要的就是像小蕙這樣的軍師啊。

「哼哼，現在才知道我的厲害啊。」徐小蕙得意地用鼻孔哼哼兩聲。「要不然妳直接去問問看月老好了，說不定祂老人家會透露一些資訊給妳，否則妳老是像無頭蒼蠅一樣到處亂飛，祂大概也看不下去吧——」

「我才不要去問他！」

彷彿賭氣似的，對方那呢喃般的低吼毫不留情直接打斷徐小蕙的話，或許是因為自身的情感終究無法抑制，也很有可能只是反覆對自己訴說，她依舊喃喃自語著。

「我絕對不會去問他的。」

不知道為什麼，此刻周圍的氣氛顯得凝重許多，彷彿有什麼負面情緒不斷被壓抑，那股氛圍讓兩人之間有好一段時間都沒人出聲。

徐小蕙不清楚究竟發生了什麼事，但看著垂下眼眸陷入沉默的葉季玲，她也不再多說什麼，只是別過頭來輕輕嘆了口氣。

大概鬧翻了吧。她如是想著。

那倔強的模樣，總是讓人看了於心不忍。

表面上看似能直率地展現自己的真性情，殊不知到頭來所隱藏的一直是自己的真心，這件事當事人恐怕是永遠無法明白的吧。

欺騙自己說不在乎，並不是到了最後真的能不在乎。

真正的不在乎，是能夠笑笑聽著、看著關於對方的一切，而內心不再出現任何波動，這才是真正的坦然。

自欺欺人，只不過是折磨自己的手段而已。

到頭來，真正受傷的還是自己啊。

「真是笨蛋。」

「蛤？」

「都幾歲了還這麼幼稚。」

「徐小蕙妳到底在說什麼啊？」

「沒什麼。」她聳聳肩繼續道：「先別提這個了，妳知道紅線要怎麼綁在兩人身上嗎？」

「……被妳這樣問我突然覺得自己真的很沒用……」

「沒辦法啊，既然什麼都不知道的話，那就只能靠自己摸索了。」徐小蕙突然笑嘻嘻地從書包拿出一捆毛線。「誰叫祂老人家什麼都沒說，既然如此，那我們就用自己的方式來綁，反正到時如果錯了祂也不能說什麼，妳要學學看嗎？」

她把手上的毛線拉直，「為了妳，我可是鑽研了古今中外書籍中所有關於紅線的綁法，準確率保證高達百分之九十七，就姑且稱它為『姻緣大作戰』吧。」

還姻緣大作戰勒，又不是什麼熱血的青春校園小說，有沒有這麼誇張？

葉季玲忍不住咕噥幾聲，一邊掏出鑰匙打開自家大門。

雖然她不清楚紅線那樣綁究竟對不對，不過既然徐小蕙都這麼說了，想必一定有所根據吧。

一想到那捆被收在小包包裡的紅線，葉季玲還是覺得很頭痛。

果然，不找出對方不行啊。

看來明天只能硬著頭皮去找班導了。

「呦，妳回來啦。」

才剛踏入家門沒多久，葉季玲便瞧見母親從廚房走出，看起來晚餐應該是張羅得差不多了。

嗯，聞起來今天晚餐有三杯雞呢。

「今天學校一切順利吧？」

「沒什麼狀況發生，不過我今天眼睛有點痠就是了。」因為翻畢冊翻到快掛點了。

「那妳先去洗個澡吧，太久沒碰書了眼睛看到脫窗很正常，待會妳爸回來就可以吃飯了。」

「嗯？今天沒人來求姻緣嗎？」

剛要走回房間的葉季玲詫異回頭，完全不敢相信今天的人數竟然是零，除了發高燒躺在床上的那幾天外，她生平第一次碰見這種情況。

「妳阿嬤幫妳推掉了，說今天要讓妳好好休息，要是再像上次那樣發燒還得了。」

突然，葉季玲的母親露出了一個極為曖昧的笑容。「對了，說到這個，什麼時候帶上次那名小帥哥回來吃飯呀？媽咪上次沒和未來的女婿多聊點真的覺得好可惜好傷心喔……」

「就跟妳說不是了還要我說幾遍！我和項毅展只是同學！同學！同學！因為很重要所以要說三遍！」

「哦──原來他叫項毅展啊，他家住哪裡？功課怎樣？有沒有女朋友？介不介意長得不怎樣腦袋也不怎麼靈光的女孩子啊？」

「媽妳是外星人嗎我都說我們不是那種關係了所以妳別肖想有進一步的可能了ＯＫ？還有，長得不怎樣腦袋也不怎麼靈光這點妳要負一半的責任！」

葉季玲十分憤慨地上樓並甩上房門，對於自家老媽嚴重腦補的情形開始懷疑這病症到底有沒有藥治，不過這還不是最重要的，更可惡的一點是，直接損起自己的女兒來也太沒良心了吧。

我是妳生的，有一半的基因是妳給的，請妳不要把這些歸咎於老爸的遺傳謝謝。

葉季玲沒來由的感慨，讓她乾脆直接書包一扔，人就這樣大喇喇地倒在床上，腦袋逐漸放空的她不知不覺開始望著天花板發呆。

姻緣啊……這還真是個難解的習題。她側著身子，緩緩閉上眼休息。

明天究竟要用什麼理由去找班導呢？雖然項毅展說要回去先研擬作戰方針，不過她還是想不出自己該從何開口、要怎樣問起班導才肯將當年所發生的一切透露給他們。

劉至翰是個守口如瓶的人，一旦將祕密託付給他，那麼他就會選擇將此事帶進棺材畢生絕口不提，雖然對方是如此值得他人信賴，但相對的這也說明了他是個固執的人，一旦他不願意開口，那麼即使用各種方式他也照樣不會吐出半個字。

一想到班導那股總能先壓制人的氣魄，即使是無意中放送出來的強大氣場，葉季玲站在他面前多少還是會感受到那股壓迫感，就算事先擬定好作戰方針，到時她恐怕也無法臨機應變吧。

更何況，要突破對方心防什麼的這件事她真的做不來啊。

看來，只能再和項毅展討論看看了。

她也只能找他商量了……

不知道為什麼，葉季玲覺得自己的意識開始模糊了起來，也許是因為今天起了個大早的關係，也很有可能是因為眼睛太過疲憊了，她覺得像現在這樣躺在床上其實也挺舒適的，如果能暫時將那些煩人的事拋在一旁那就好了。

也許，對她來說能不能找到好姻緣並不重要。

也許，現在的她只是想向某人證明自己的能力而已。

也許，潛意識裡她還是很希望某人能給她一些意見。

只可惜，過去的事只能是無法觸及的追昔。

記憶中的影子，終究還是會淡去。

在葉季玲進入夢鄉的同時，有一雙手悄悄替她拉上被子，在她所不知道的時間裡，默默看顧著只屬於她的一切。

騰空翻起的扉頁散發出金色光輝，執起銀白筆身的他在上頭輕輕劃了一筆，不同凡響的力道再次落下了不可察覺的足跡。

之所以改變，為的是什麼？

這個答案始終如一。

因為明白，所以才會奮不顧身為執念而行。

孰重，孰輕。

孰是，孰非。

那抹淺淺的笑，總是溫柔得讓人想哭。

第六章　被揭開的祕密

已經多久了呢？

少女雙手環膝，靜靜仰望頭頂的世界。

這個地方，她已經待多久了？

修長的髮絲隨著水流輕輕擺盪，幽暗的池底並不常有光線照入，長年陪在她身邊的，只有冰冷的水層及永無止盡的孤寂。

隨著時間流逝，她幾乎忘了自己為何會留在這裡，也想不起來她所等待的究竟是什麼。

看著來來去去的學生們，他們臉上總是掛著快樂的笑容，在水池中相互嬉戲、玩耍。

有的時候，她會覺得自己很幸福。

絢爛中的孤獨，總是容易讓她揚起一抹微笑。

然後，想離開。

矛盾的世界必定會有矛盾的對立，絕對的二分並不完全存在，就如同她此時的處境。

離開與留下，曾讓她迷惘過。

她應該是想離開的，但不知道為什麼，心裡總有著背道而馳的矛盾。

是在等待著什麼嗎？

她不知道，只能靜靜待在原地回憶著。

可惜的是，她一直想不起來。

當初的執著。

一日之計在於晨，這句話套用在此時的葉季玲身上，可說是最合適的了。

昨天放學一回家，才躺在床上沒多久她就直接夢周公去了，等到葉季玲終於醒過來時，轉眼間床頭的鬧鐘已顯示八點多了，想當然耳她們家的人早已吃過晚飯了。

雖然沒有人來叫醒她這件事並不打緊，但最可惡的一點是，她心愛的三杯雞竟然被一掃而空了！

而且還是盤子被舔得乾乾淨淨的那一型！

這不擺明了叫她今晚準備吃素嗎？她還在發育耶只吃青菜怎麼行！

或許是因為只吃菜完全無法滿足自己的口腹之欲，也很有可能只是自己心理作祟，葉季玲的肚子非常準時的在清晨第一道曙光照射進房內時開始咕嚕作響，奏成一曲精彩絕倫的交響樂。

因此，葉季玲今天可說是非常健康的早起，再加上前一晚補眠補得十分充足，任誰看了那容光煥發的模樣，都會一致贊同這才是元氣滿滿的正宗標誌啊。

嗯，精神飽滿，體力充足。

很好，充電完畢。

出門前，葉季玲再三檢查該帶的物品是否有帶齊全後，便精神奕奕的往學校方向出發。

今日的好心情，可不能隨隨便便就被一點小事給破壞掉呢。

葉季玲如是想著，踏著輕快的步伐走在紅磚步道上，偶爾哼著一兩首輕快的小調，如果此時有人從她身旁經過，鐵定能被她那快樂的情緒所渲染。

她那溢於言表的愉悅或許不單源自於充足的睡眠，還包括了早上不用鬧鐘便能自動起床的好兆頭，種種跡象皆顯示著今天將會是美好的一天。

俗話說得好：好的開始是成功的一半。她葉季玲相信今天絕對會是個嶄新的開始。

只要堅信著，無論遇到任何難事都一定有辦法迎刃而解。

「早安啊季玲，妳今天心情看起來不錯嘛，有發生什麼好事要分享一下嗎？」憑空竄出的徐小蕙猛然從背後拍了她肩膀一下，看來對方也同樣屬於早鳥派。

「是沒發生什麼特別的好事啦，不過心情不錯倒是真的，話說回來，這好像是我第一次在上學途中碰到妳耶。」

「那當然，我可是標準的早睡早起乖寶寶呢。」徐小蕙笑著仰起下巴，一邊擺出得意的姿勢。「更何況，人家不是常說早起的蟲兒被鳥吃嗎？一大清早大家都還處於昏昏欲睡的狀態，來到學校的這段時間可說是一日當中最鬆懈的時刻，趁大家腦袋還不太清楚的時候趕緊找破綻或收集八卦，基本上可說是投資報酬率最高的時候。」

「……所以說到底妳根本就在為妳的狗仔事業賣命吧！」

「NONONO，親愛的季玲，請妳不要使用這種容易帶有貶抑的詞彙來形容我神聖的工作，我只是在做一般記者會做的採集消息而已，請妳用『無冕王』這個雅稱來稱呼我謝謝。」

「是是是，一切都是我的不對，是我誤會妳了還真是不好意思啊。」

「妳放心，大人不記小人過，這點小事我是不會放在心上的。」

徐小蕙拍拍胸口保證，而葉季玲則是露出「妳的話我會信那就有鬼了」的表情回敬給她。

「妳昨晚回去有想到該怎麼拷問劉老頭了嗎？」

「……妳可以不要用『拷問』這種偏激的詞彙嗎？我膽子還沒大到敢在太歲爺頭上動土啊，這次數學需不需要補考我全指望他高抬貴手了。」

一想到數學一事，葉季玲差點憂鬱起來。「我覺得還是跟班導曉以大義一番會比較好，與其在那邊想各種理由來應付，我想還是把事情的緣由都告訴他比較來得實際，畢竟我不善於說謊啊。」

「說的也是，說一個謊就需要好幾百個謊言來圓它，怎麼想都太不划算了。先不管妳要說什麼好了，妳覺得劉老頭會信的機率有多高？醜話說在前頭，我可不認為他會相信游泳池有鬼這種毫無科學根據的話唷。」

「小蕙，雖然妳每次說話都能一針見血、突破盲點，但我這次確實被妳扎得血流成河了啊——」

葉季玲能想的、能說的通通被徐小蕙一舉擊滅，這讓她原本高昂的士氣一下子就潰不成軍，說好的任何困難都能迎刃而解的信心只維持了一陣子，轉眼間她馬上烏雲罩頂碰到難題了，目前僅存的一絲希望大概只能寄託在項毅展身上了吧。

……不對吧，明明對方只是助手，她憑什麼事事都要依賴人家啊？不行啊葉季玲，妳必須振作靠自己想出辦法才行！

「好了啦，不要一大早就把氣氛搞得這麼凝重，又不是世界末日，總會有辦法可以解決的。」

徐小蕙笑著拍拍對方的肩膀，要對方別想太多，而這一席話瞬間將陷入低氣壓狀態的葉季玲適時拉出。

有的時候，徐小蕙說話總是能直接見血將對方殺個片甲不留，但有的時候她又覺得徐小蕙就像幽暗處裡的一盞明燈，雖然不會明確指示出你該往哪個方向前進，但總會在不知不覺中悄悄帶領你走到屬於你的光明地。

所謂的朋友，大概就是這種感覺吧。

「走吧，別忘了今天輪到妳當值日生，雖然衛生股長是我，但我可不會輕易放水哦。」

拉著葉季玲的手，徐小蕙笑嘻嘻的和她踏著輕快的腳步一同跑進校門，清晨的微光斜照啣著露珠的葉緣，也照亮彼此的心光。

很快的，早自習時間過去了，接連下來的幾門課不論是社會科還是藝能科，短短幾節課下來，葉季玲覺得自己似乎又回到了之前那平靜的日子。

沒有心浮氣躁的心情，也沒有出現讓人煩惱、錯愕的突發狀況，下課時就和附近的同學聊聊天，偶爾成群結伴到廁所延續話題；上課時就坐在位子上認真聽講、作筆記，或者偷偷打個盹兒，讓隔壁同學把你叫醒。

這樣的日子雖然平淡無奇，卻擁有著最簡單的幸福與愜意，她的生活總是在平凡中度過，不會有偶像劇的情節或者小說漫畫中的劇情，但是，她很喜歡這種單純的日子。

若將來有一天，長年習慣粗茶淡飯的她到了一定年歲，偕同友人在亭子裡泡茶、細細回顧昔日過往時，成為她深刻記憶一部分的，會不會也是日常生活中的瑣碎話語呢？

或許，這樣的世界才是最適合她的。

「啊啊啊啊啊啊妳看妳看妳看親愛的王子大人出現了呀！」

「噓，妳小聲一點！要是打擾到他，這責任妳擔當得起嗎？」

「奇怪，會長大大怎麼會出現在這裡？李組長突然眉頭一皺，深覺這案情並不單純啊。」

「快快快，妳快幫我照下來，記得要把我也一起拍進去哦，我要設成待機畫面，永遠把王子困在我的手機裡嘿嘿。」

「討厭啦人家今天忘記上眼線了，要是不小心被王子殿下看到那該怎麼辦啦？嗚嗚……」

古岸切！有誰能告訴她以上這些校園言小才會出現的詭異對話是怎麼一回事嗎？可以不要讓她覺得這所學校其實有一堆腦殘粉好嗎！

周遭女生們的竊竊私語以排山倒海之姿無預警襲來，雖然說音量確實小到不能再小，但當走廊及附近教室內的女性同胞在第一時間開始有所動作時，再小的聲音聚集起來也是會變成魔音穿腦的恐怖回音。

葉季玲瞬間眼神死，非常不樂意的將頭轉向走廊，結果不看還好一看就嚇嚇叫，野生項毅展果不其然就站在她教室外的走廊上，雖然他靠著女兒牆似乎正在觀察來來往往的人潮，但眼神卻是筆直地往葉季玲的方向瞧。

……大哥，你每次出場能不要這麼像皇帝出巡嗎？這種和偶像劇沒兩樣的劇情發展我看得很累啊。

葉季玲深深覺得此時自己的眼白鐵定佔了眼睛的百分之九十，說好的平靜日子還沒過完一天就這樣華麗麗的幻滅了，身為當事人她很是感慨。

望著周圍除了激動之外還是激動的女性同胞們，葉季玲二話不說直接從資料夾中抽出一張Ａ４空白紙，在上頭分別畫了兩座高山，而且其中一座山上特別畫了兩隻老虎，緊接著便將圖朝外高高舉起給項毅展看。

雖然線條十分簡陋，而且乍看之下兇猛的老虎根本不像老虎反而像炸毛的貓咪，但憑著項毅展過人的聰明才智，他還是有辦法從紊亂的訊息中領悟出當中的意涵。

調虎離山之計。

確實，現場女性們虎視眈眈的目光通通都集中在項毅展身上，對方的一舉一動儼然成為眾所矚目的焦點，若想要在特定地點會合，最好的辦法就是分頭行動，否則在人多嘴雜的情況下，很有可能出現不利於任務進行的突發狀況與干擾。

當然，這些不過是表面上十分合理的官方說法而已，其實葉季玲內心真正想說的是——

拜託你先把那群「鐵絲」——粉絲終極進化版——弄走好嗎姑娘我還年輕不想這麼早就死於非命啊啊啊啊啊啊！

忍住內心一發不可收拾的ＯＳ，看到項毅展往反方向離去後，葉季玲終於放下心中的大石頭，趕緊收拾好自己的東西準備開始行動。

如果沒記錯的話，下一堂課應該是國文課才對……

「小蕙！」

她連忙叫住正拿著望遠鏡觀察項毅展行動的徐小蕙，雙手鄭重的搭在對方肩膀上。「我等等有事要先離開一下，若老師問起，記得替我掩護。」

「Yes, sir.」

徐小蕙當場立刻踢正步向葉季玲行舉手禮掛保證，而後者見狀後則是趁大家注意力尚未轉移之際悄悄退出教室，安心地朝某個目的地前進。

調虎離山之計最精髓的地方，在於不但能將目標物進行全員調動，還能在眾目睽睽之下來個「我走你跟但你絕對追不上我」的小伎倆，澈底殺個眾人措手不及。

在校園中繞了大半圈的項毅展只是一個神閃身，後頭假散步之名行跟蹤之實的女學生們很快地就被甩在後頭，當她們急急忙忙跟上想縮短彼此距離時，項毅展早已迅速進入學務處，留下了因上課鐘聲響起而不得不離開的少女們與其美麗的歎息。

而在項毅展與粉絲們周旋的這段時間中，葉季玲同時也馬不停蹄的趕往班導所在的辦公室，雖然她還沒想好見到劉至翰的第一句話要說什麼，不過船到橋頭自然直，她葉季玲這輩子不偷不搶考試不作弊，老天爺絕對不會讓她孤立無援的，只要相信順其發展自然準沒錯。

站在辦公室門前，葉季玲忖度了半晌後終於決定進入，她深深吸了一口氣，一鼓作氣打開了眼前的那扇鐵門，憑著自身的一股氣勢毫不猶豫直接走到劉至翰的座位，準備接受對方遲了一天的最終審判。

只是當葉季玲好不容易硬著頭皮來到她人生的死亡交叉口時，赫然發現原本應該要出現人影的位子此時竟然空無一人，讓完全繃緊神經的葉季玲在目擊的那一瞬間頓時鬆了一口氣，警備狀態也跟著隨之解除。

雖然沒見到劉至翰暫且逃過一劫這點她確實感到很是欣慰，不過相對的葉季玲也開始煩惱起來了，原本計畫今天要問班導關於江黎音的事情，但就目前的情況來看無疑和當初預定的進度有所出入，這麼一來她所剩的時間似乎又變得更緊迫了些。

奇怪，這個時間班導是跑去哪了？難道他這一節有課？

不對啊，桌上的課表明明顯示今天上午通通都沒課啊……

「唉呀呀，這不是我們那病假請一個多禮拜後又緊接著請公假的季玲小朋友嗎？昨天回去後我在床上輾轉反側、想了又想，果然學生會的事天生就比數學課什麼的都還要來得重要，沒錯吧。」

劉至翰的聲音冷不防從背後出現，嚇得葉季玲立刻當場來個迴轉身，只見班導依舊笑容可掬地回到自己的座位，而臉上那皮笑肉不笑的燦爛笑容，倒是如實讓葉季玲嚇出一身冷汗來。

他果然在記仇他果然在記仇他果然在記仇他果然在記仇——

「哈哈哈哈哈班導你說那是什麼話呀，用腦袋想也知道學生會再怎麼樣也不會比上正課還要來得重要，就算我膽子再大，也絕不會向老天借膽故意做出如此大逆不道的行為，你相信我這一切都是有原因的啊……」

現場葉季玲只能哈哈哈的乾笑幾聲，竭盡所能的向劉至翰表明自己絕無二心，其忠誠度此時如果用數值來計算，絕對會有爆表的可能性。

只不過解釋歸解釋，她的行為不管怎麼看都像是此地無銀三百兩，即便是外人看了也難逃越描越黑的嫌疑。

看著劉至翰逐漸瞇成一條線的眼睛，葉季玲也只能僵在原地不安地吞了吞口水，腦袋更是一片空白，因為她從來沒料到班導竟然會直接開門見山的對她發動攻擊，這不按牌理出牌的情形讓葉季玲不僅來不及採取守備狀態，就連接下來該如何出招她也完全無法應對了。

「妳身體有好點嗎？」

葉季玲感覺自己的臉色鐵定是一陣青一陣白，可以考慮去表演川劇變臉了。

……

……

……

「蛤?!」

葉季玲聽見這句話的當下眼珠子差點掉了出來，她以堪稱見到十大不可思議傳說的錯愕表情望著劉至翰，有好幾秒的時間都以同個表情定格在原地，愣愣地盯著對方看。

……不對吧，這個時候你不是應該要火力追加、把我殺個片甲不留嗎？

葉季玲的表情很是困惑，而劉至翰見對方沒反應便再問了一次。

「妳身體有好點嗎？」

「喔、喔喔有啦，休息幾天就沒事了，謝謝班導關心。」她瞬間回過神來，連忙答覆道。

「沒事就好，以後不管讀書還是忙學生會的事都要適可而止，累了就好好休息，身體要是不顧好其餘的事都免談了，懂嗎？」劉至翰坐了下來，心平氣和的繼續說：「不過休息是一回事，小考又是另一回事，妳請假的這段時間有兩次數學小考，記得找時間來補考啊。」

「喔，知道了。」

葉季玲點頭，表示自己確實有把對方的話聽進去，等確定劉至翰沒有其他事要交代後，她便邁開步伐準備離開辦公室。

……不對！這種發展也未免太過和平了吧！

一個急速轉身猛然讓她煞住腳步，但因為衝擊力道的關係，葉季玲一時之間根本站不住腳，為了防止臉部著地，因此整個人只好委曲求全形成了某種詭異兼難看的姿勢，只不過這看在劉至翰眼裡，大概又是校園不可思議景觀的其中一項了吧。

「葉季玲，妳已經到了需要定期做復健的年紀了嗎？」

劉至翰用一種「肖年仔哩卡保重勒」的憐憫眼神看向對方，「我強烈建議妳吃點像是維骨力之類的保健食品，否則年紀輕輕就一副閃到腰的模樣，未來前途堪憂啊。」

「……老師，你有時間說風涼話為什麼不來拉我一把？我、快、撐、不、住、了、啦！」

沒錯，此時的葉季玲因為急速轉身的關係導致兩腳呈現X型的交叉姿勢，只不過兩腳交叉沒什麼大不了的，重點是交叉後雙腳的重心非常華麗的位移了，因此理所當然的她應該會向後傾並和地板來個親密接觸才對，可惜的是葉季玲大概是跌怕了、導致身體直接做出反射動作，她的雙手在千鈞一髮之際向後壓住地板，整個人就這樣呈現出一座完美拱橋的姿勢立於一旁。

只不過這不是最糟糕的情況，更慘的是葉季玲身下恰好擺了一整排隔壁桌家政老師準備拿來上課用的花兒針，或許是因為方才清洗或消毒完畢正晾乾中，尖銳的那一頭竟然通通都筆直朝上！

花兒針陰惻惻的發出冷冽寒光，即使不必親眼目睹，葉季玲也能感受出那芒刺在背的壓迫感，她不安地吞了吞口水，四肢似乎也開始承受不住自身重量，要是現在她真的就這樣倒了下去，那麼千瘡百孔的慘況自然不必提，她絕對可以領教到什麼叫做「針扎小人」的恐怖經歷。

所以……

班導算我求你快點救我起來啊啊啊啊啊啊啊！

「嘖，我還以為妳是在表演特技呢。」劉至翰伸手將葉季玲拉了起來，臉上似乎出現了一絲惋惜。

「……呵呵呵真是抱歉，讓您感到如此失望實在是我這輩子最大的錯處啊。」

葉季玲起身後順手拍了拍自己的裙子，等確定自身服裝儀容沒有什麼大礙後這才滿意的點了點頭，雖然方才她覺得自己眼白的比例再度急遽增加，不過沒有被針山萬箭穿心這點倒是不幸中的大幸了。

應該吧。

「班導。」

「嗯？」

「你為什麼不問我原因？」

「什麼原因？」

「就我昨天一來就請公假的原因啊。」

「請假單上就有寫，哪需要問？」劉至翰坐下繼續批改著桌上的考卷，手上的紅筆不曾停歇過。「難道我要因為妳請公假的時間剛好有我的數學課，所以合理懷疑妳有針對老師蹺課的嫌疑，因此一氣之下不管三七二十一、直接把妳當掉讓妳加入補考大隊嗎？」

「對對對，照理說你不是應該要這麼做嗎？」

葉季玲點頭有如搗蒜，連忙答覆著。

「喂喂喂，我什麼時候變得這麼不通情達理了？不要把我說得好像什麼魔王級的恐怖教頭，連續劇看太多就說一聲，不要在那邊給我自行腦補。」

劉至翰放下紅筆轉過頭來，臉上那憐憫的表情彷彿在說「妳自己要腦洞大開我也救不了妳」，如果辦公室內還有其他老師在場，鐵定也會對葉季玲投以關愛的眼神。

「所以……班導你真的不打算追究啊？」

「難道問了就會時光倒流到昨天嗎？妳自己也承認不是有意的了，既然目前為止都沒什麼奇怪的狀況發生，那妳請公假我也沒道理懷疑妳吧。」

「話不能這麼說啊！要是我聯合學生會的人一起騙你那怎麼辦？」

「放心吧，妳不會這麼做的。」

劉至翰依舊改著眼前的考卷，語氣中有著讓人不易察覺的輕鬆與溫和。「妳如果真的做了虧心事，那妳現在要做的應該是想盡辦法避開我，而不是特地跑來辦公室討罵。」

「更何況，妳真誠的雙眼已經告訴我妳沒有說謊了。」

單憑這些，你就能毫無保留地將自己的信任託付給他人了嗎……

望著劉至翰的背影，葉季玲第一次發覺原來打從她踏入這個班級開始，就從來沒有仔細了解過她的導師。在她的記憶裡，班導是個頑固難搞又老愛經營「當鋪」來創造他燦爛無比的當人奇蹟的數學老師，只不過這些評價通通都是學長姊口述傳承，負面的既定印象早已深植腦海，讓她從此以後也將班導視為學生們避之唯恐不及的最大剋星兼惡人。

進入高中後，與導師相處的情形其實會和國中時期有很大的不同，就本質意義來說，依舊是帶領與管理整個班級，但在情感方面大多早已失去那股「聯繫」的意味，除了授課時間外導師很少出沒這點已成常態，最令人感到傷心的一點不是導師根本不知道你是誰，而是身為班級的一份子找導師討論事情時，還被對方反問「你是我的學生嗎？」。

葉季玲知道，劉至翰這個人雖然在他所教的科目上要求比較嚴厲、動不動就將趕快讀書這句話掛在嘴邊，但是他是真的把學生的事放在心上，即便身為導師也會默默地將學生的名字及長相記下，而不是覺得只要有盡到導師的義務管理好一切就行了。

信任，一直都是建立彼此心靈溝通的橋樑。

劉至翰做到了這點，但又有多少人願意回報他對彼此的信任呢？

「班導，你的處世原則真的好奇怪喔。」

葉季玲別過頭，假裝自己因灰塵跑進眼睛，悄悄拭去在眼眶打轉的淚。「老師，謝謝你願意相信我。」

「真正奇怪的人是妳吧，怎麼今天突然問題這麼多，妳好奇寶寶上身喔。」他不經意抬頭，看向葉季玲。「說吧，妳來找我有什麼事要說？應該不只公假這件事這麼簡單吧？」

「老師，有一件事我不知道該怎麼向你解釋，但無論如何我還是希望你能告訴我事情的始末。」

葉季玲深深吸了一口氣，最後緩緩道：

「你還記得江黎音是誰嗎？」

塵封多年的記憶彷彿再被揭起，當年那既熟悉又陌生的名字再度重重敲擊著他的心，為之一震的身體開始有著莫名的顫動，是憤怒、懊悔、激動，抑或是迷惘呢？

事隔多年，他已經有多久沒有出現這樣的感受了？

「妳問這個做什麼？」

一聲低吼道出了他此刻的心聲，沉重的過往讓他不願回想昔日所發生的事，即便他知道這所有的一切都和眼前的學生並沒有任何關係，對方也不會是當年事發的關係人，他還是遏止不了自己的情緒。

「老師，如果可以的話，請你告訴我黎音學姊的死因與生前的情況，這些事對我來說很重要。」

「我不知道妳口中的江黎音到底是誰。」

劉至翰一口否認自己和江黎音的關係，並且伸手指向辦公室門口，示意葉季玲沒事的話趕快回去上課，而面對班導如此強硬的態度，葉季玲完全不能接受。

「你騙人！黎音學姊明明是你導師班的學生，她在就學期間不明不白死去你怎麼可能說忘就忘！」

「這麼多年來我帶過不少班級，學生們來來去去是很平常的事，或許當中真有一名學生是妳說的那個人，只不過我教過的學生這麼多，我不可能到現在每個都還記得。」

「老師你不要再說謊了！剛才我提到學姊的名字時你的反應根本不是這樣！你明明是最關心我們的人，為什麼你要故意裝作對我們不在乎的樣子？你連我是誰都記住了怎麼可能不記得江黎音是誰！」

「妳今天的問題未免太多了吧，縱使我真的記得這號人物，這對妳來說又有什麼意義？她已經不存在於這個世界了。」

「當然有意義。」

一個頗富有磁性的聲音驀地自門口響起，果不其然，來者正是葉季玲好久不見的項毅展，他毫不猶豫來到葉季玲身旁，手上拿著一張單子。

「這是我私下透過關係請學務處調出來的學生成績單，上頭名列著當年你給予十一班學生的評語，從上頭字句可以看出當時身為導師的你和自己的學生相處十分融洽，尤其是寫給江黎音的評語，證明了你絕不可能忘記她！」

翻牆高手，下次進學校前記得先觀察教官有沒有躲在附近。

是個努力不懈的好孩子，但下次別再讀書讀到躺救護車啦！

向雞排Say No，戰勝體脂肪。

項毅展鬆手，手上那張單子就這樣從眾人面前落下，最後靜靜躺在劉至翰的辦公桌上。

一字一句的書寫彷彿剛剛才落筆完成，曾經老愛和班上學生打鬧成一片的熱血教師至今跑去哪了？隨著眼前字句的呈現，腦海中那一張張容光煥發的笑顏也在不知不覺中逐漸清晰了起來，他已經有多久不再和同學一起歡笑、一起悲傷、一起流淚了？

單子上所羅列的姓名承載著十年前他所遺忘的情感，而在江黎音的欄位裡，他彷彿再度看見當年那悲痛欲絕的自己再一次寫下了這麼一句話。

I will never receive your message in my whole life.

原本寫於message之前的文字被凌亂的線條刻意劃去，最後用立可白覆蓋，那隱藏於那抹白之下的原意終究只能埋藏心底。

或許，他是明白的。

在那件事之後，他早已選擇將最初的自己遺留在過去，因為心死，因為悔恨，所以他開始和學生保持距離。

為了心中那道永遠無法撫平的傷痕。

「劉老師，請你告訴我們關於黎音學姊的事，哪怕只是件極細微的芝麻小事也請你讓我們知道，這對我們來說很重要。」

項毅展彎腰鞠躬，久久不曾起來，而站在一旁的葉季玲也跟著鞠躬請求。「拜託你了。」

見兩人如此頑強的一面，劉至翰深深嘆了口氣，頭轉向窗外，眼神落在那遙不可及的一方。

靜靜的，辦公室內的三人沉默了好幾分鐘，彼此誰也不讓誰，現場沒有人肯退讓一步。失去焦距的視線再次穿透萬物，被一片氤氳薰久了的記憶似乎正一點一滴倒回到十年前，那段還能歡笑的日子。

也許，他真的該敞開心房與自己和解了吧。

「江黎音，是十二年前我進到這所學校後，第一次帶導師班的學生。」

劉至翰緩緩開口，率先打破沉默，而在抬頭後的同一時間，葉季玲和項毅展都清楚看見了對方眼底的落寞。

「她是游泳社的成員，經常代表學校對外參加比賽，但是有一天她卻溺死了。」

他淡淡說著，彷彿回憶中的往事對他來說早已是過眼雲煙。「那一天我們原本約在放學後的社團教室，但是過了很久黎音卻遲遲沒有出現，原本我以為她不來了，沒想到隔天一早游泳隊的學生要進行晨訓時，竟然在泳池中發現了她的屍體。

「經法醫研判，由於身體無明顯外傷、再加上現場並沒有出現打鬥痕跡，因此初步推斷她應該是失足落水。」

「既然是校隊選手，那麼溺死的情況豈不令人感到匪夷所思？」

「這件事當然在學生間引起一陣軒然大波，只是校方表示既然遺體並沒有驗出藥物反應，而警方也排除了他殺的可能，因此這整起案件便以意外作結，校方為了息事寧人，謝絕媒體一切採訪，也下令所有老師絕口不再提此事。」

他輕輕嘆了口氣，當中有著無法言喻的無奈與悲傷。「身為老師，我只能告訴你們這麼多了，如果想知道當年學生們究竟在想什麼、懷疑什麼，你們可以去問臣雪，說不定他還記得當年的事。」

「臣雪？那是誰啊？我們學校有這號人物嗎？」

葉季玲皺眉，忍不住抓了抓後腦勺，似乎對這陌生的名字感到相當困惑，但同時卻有著莫名的熟悉感。

該不會……是哪個新進的女音樂老師吧？

她才剛這麼想而已，當場立刻發現眼前的劉至翰用一種看異形生物的怪異表情直盯著自己瞧，那眼神彷彿在說「妳果然沒救了」，只不過這還不是殺傷力最大的，就連打從一開始一路用包容與平等心態溫和對待她的項毅展，竟也同樣兩眼直盯著她看。

「幹嘛，我有說錯話嗎？」葉季玲下意識倒退了一大步，神經兮兮的處於警戒狀態。

怪了，難道她真的犯下了什麼滔天大罪嗎？

「教了那麼久，連自家國文老師叫什麼名字都不知道，我看妳還是去吃點銀杏比較實在吧。」

第一次叫偶然。

第二次叫偶然。

但到了第三次就不得不承認是必然了。

葉季玲內心深深感到一陣扼腕，如果說每次事情的關鍵人物，恰好都是因為自己請假而試圖避不見面的老師，那這是否也意味著她接下來還是得硬著頭皮、去尋找自己不願面對的對象呢？

這種巧合再發展下去，她恐怕會忍不住搥起自己的胸膛來深表惋惜啊。

到了今天，葉季玲這才曉得，原來他們那位有著獨特嗓音的國文老師名字叫作柳臣雪，雖然第一次來班級任教時他確實有先自我介紹，不過葉季玲是打從心底完全不記得有這回事啊，怪不得她聽見名字的當下還以為是哪個新進的女老師。

柳臣雪啊……葉季玲回想著國文老師的面貌，悄悄將對方的名字與關於他的一切進行連結，有一瞬間她突然覺得自己很對不起國文老師。

柳臣雪的年齡看起來不到而立之年，雖然他的長相並不是很突出，只能以相貌平平來形容，但是整體卻能給人一股如沐春風的舒適感。

葉季玲記得，不管在哪裡，柳臣雪臉上總是隨時隨地掛著那抹溫和的微笑，即便為人行事一向低調，但在學生中受到歡迎卻是不爭的事實，更是許多女學生公認的新好男人代表，更何況——心胸如此寬大不但不計前嫌又能親切待人的好好先生翻遍全地球要找出第二人恐怕都很難啊！

一想到方才她還藉故不去上課，那股深深的罪惡感便開始籠罩全身。

只不過，最令人意外的是十年前柳臣雪竟然是這所高中的學生，而且現在還回到自己的母校教書，葉季玲猜想，這大概是到目前為止一記最致命的震撼彈了吧。

根據走在身旁的項毅展的說法，柳臣雪所待的老師辦公室正好位於美術教室那一棟建築物裡，一想到眼前路途之遙遠，葉季玲的心也隨著前進的步伐感到疲憊了起來。

在葉季玲的學校，不論是美術、音樂、烹飪等藝能科的專用教室，通通都集中在離學校正門口最遠的自強樓，是繼體育館後第二個堪稱與世隔絕的場所，只不過當中的差別在於一個在南一個在北的概念而已。

除了少數幾名老師的辦公室位於此外，基本上自強樓最多的就是一間又一間根本沒在使用的空教室，或許是因為學生人數和幾十年前相比驟減甚多，因此這裡平日一向是人煙罕至，只有在學生前來上藝能科或者做實驗時才會有較多人員進出。

甫經過轉角處，葉季玲便看見對面的教室坐滿了學生，老師彈奏著那架黑色鋼琴，而底下的學生們則是隨著節奏進行唱出那優美的旋律，雖然因為距離的關係聲音不是聽得很仔細，但看得出來個個都陶醉其中，正享受著這彷彿天籟般上天所賜予的美好時刻。

「這曲調……聽起來挺耳熟的。」

一旁的項毅展不禁喃喃自語了起來，他抬頭看了一眼對面的教室，眼底似乎閃過一絲困惑，只不過很快地這件事他並沒有放在心上。

然而，一切的發展卻不如想像中那麼平穩。

突然，身旁的葉季玲霎時停下腳步，整個人二話不說直接往轉角處的樓梯衝了下去！

項毅展感到一陣錯愕，還沒來得及反應，對方已經拋下他往反方向跑離，而他此時也只能想辦法緊追著對方的殘影行動，試圖將葉季玲攔下來。

沒有任何猶豫，沒有任何遲疑，循著樓梯迴旋而下的葉季玲此刻腦中一片空白，她完全無法進行思考，只是使勁地向前奔跑，彷彿正追逐著那遙不可及的目標。

其實她並不清楚自己究竟是在找什麼，她也不知道自己選擇的方向是否真如她所想的一樣，她只是不停地跑、不停地跑，不斷地向前行而已。

近了，就快近了。

葉季玲迅速越過樓梯口，憑著自身直覺直接穿過長廊，不斷往她心中的目的地前進。

綿延的長廊快速從她眼前縮短距離，如跑馬燈放映般一幕接著一幕穿過她的腦海，盡頭的些許微光告訴她就快要到了，而引領她前行的聲音也在此刻不自覺清晰了起來。

在那道刺眼的白光之後，映入眼簾的是用紅磚圍成的美麗花圃，奼紫嫣紅的花兒迎風搖曳、輕輕擺動著身姿，而翩翩起舞的蝶顫動著牠那如薄翼般輕盈的翅膀，在花叢中彼此追逐、嬉戲。

午時的陽光悄悄滴落在樹葉上，邊緣不自覺溢出了一圈美麗的金色鑲鏽，溫和而飽滿的光輝灑落至肩頭，使得他那溫柔的笑與身影看起來格外矇矓，多了一份如夢似幻的不真實感。

「找、找到你了。」

葉季玲單手扶牆，另一隻手叉著腰在原地一邊踏步、一邊大口喘息著，她已經有段時間沒像剛剛那樣劇烈運動了，所以在沒事前熱身與腎上腺素一股腦兒飆升的情況下，葉季玲往前衝的下場自然是上氣不接下氣。

聽見來者的聲音後，坐在石椅上的柳臣雪轉頭望向聲音來源，臉上那抹淺淺的笑意依然不減，彷彿一直以來他嘴角始終噙著那抹溫柔的微笑。

「妳怎麼來了？」

「當然是來找你啊，老師。」

託國小體育老師的諄諄教誨還言猶在耳的福，現在的葉季玲呼吸總算平順了些，也能正常開口說話了。

「這裡平常很少人會來，妳能找到這裡也算是奇蹟呢。」他笑著起身，緩緩向葉季玲走來。

「下一次若有事就到辦公室找我吧，偷偷告訴妳，要捕獲野生國文老師可不是件簡單的事。」

「誰說找到這裡是奇蹟了，又不是在賭運氣，就是因為知道你在這裡所以我才會來啊。」葉季玲眼底有些不甘，似乎對柳臣雪說這是奇蹟的說法感到不是很滿意。

「好好好，我信妳就是了，那妳能告訴我妳是怎麼確定我在這裡的嗎？」

「因為你的歌聲啊。」葉季玲驕傲地揚起下巴，看起來有些得意。「老師剛剛唱的是〈水調歌頭〉吧，我可是在三樓連接走廊就聽到了，只是我沒想到老師原來你唱歌這麼好聽。」

「哦，原來是這麼一回事啊，不過能聽到妳的讚美我倒是很高興呦。」柳臣雪偏著頭思考了一下，微笑繼續道：「可是季玲，這個時間坐在隔壁的吳老師剛好有音樂課哦，而且她今天教的歌曲恰巧也是〈水調歌頭〉，妳沒有想過自己聽到的可能是吳老師或者其他學生的歌聲嗎？」

「不可能不可能，都過這麼久了我才不會搞混勒。」葉季玲連忙擺手示意，澈底否決了另一種可能性。

「你的聲音很特別，所以不管到了哪裡，我都認的出來。」

講完這句話的當下，葉季玲沒來由的愣了一下，一陣輕柔的微風捎來了遠方的信息，輕輕拂過腳邊的花兒，也拂過了她和柳臣雪於風中悄悄飛舞的髮絲。

她愣愣地望著眼前的柳臣雪，對方柔順的髮與那溫和的笑總能輕而易舉地深入人心，彷彿至始至終他都是這樣的來，未來也要這樣的去。

不知道為什麼，她總覺得在很久很久以前自己似乎也曾說過一樣的話，但是是在何時呢？這種似曾相識的感覺不管她怎麼想都想不太起來，或許，她真的該聽從班導的建議吃銀杏了……

「原來妳在這。」

一道熟悉的聲音驀地自背後響起，同時一隻力道不算太用力的大手猛然抓住葉季玲的下臂，待她訝異回頭時，眼睛對上的恰巧是項毅展那雙充滿著急的深邃眼眸。

他微喘著氣，額頭冒了些汗，似乎是因為方才苦無葉季玲的蹤影，才不得不到處尋找她的足跡，雖然項毅展眼裡並沒有任何責備之意，但葉季玲還是覺得自己將夥伴丟下的行為很不道義，對於讓對方為自己的行蹤感到擔憂這點她深深感到愧疚。

她想起來了，她當時是以九彎十八拐的方式追到這裡的……

看見項毅展出現在這，柳臣雪並沒有表露出太多訝異的神情，反倒是對於兩人為何同時出現在此存有一絲好奇心。

突然，他彷彿想到什麼事，眉頭瞬間微微一皺，率先開口打破沉默。

「話說回來，季玲，妳的身體不要緊吧？」

「蛤？什麼意思？」

葉季玲頓時回神，將視線轉向面露擔憂的柳臣雪，腦袋一時之間似乎還無法會意過來。

難道指的是她之前生病的事？怪了，怎麼現在逢人每個都這樣子問？即使她真的病入膏肓、命在旦夕，身為科任老師的柳臣雪也不太可能知道吧？

見葉季玲依然狀況外，柳臣雪繼續接著說：「剛才上課時，我看平常一向樂觀的小蕙眼眶紅紅的，於是便問她發生什麼事了。她說妳好不容易才大病初癒，結果就在剛剛突然又發起高燒，整個人四肢無力、上吐下瀉再加上呼吸困難，因為聯絡不上家人，所以只能暫時躺在保健室休息，說著說著她當場就哭了出來。

「如果妳身體還很不舒服，那就別勉強自己出來走動了。」

徐小蕙，妳到底做了什麼？我是要妳掩護不是叫妳演一段世間情啊啊啊啊啊——

妳不是志在當記者嗎不要給我臨時變換職業啊！還有，為什麼班上同學沒人跳出來吐槽妳？

「妳為什麼不告訴我？」

項毅展眼裡多了幾分埋怨，似乎對葉季玲發生了這麼嚴重的事卻始終沒告訴他這點感到相當不解。

如果他早點得知葉季玲身體狀況不佳，那他鐵定不會讓對方還為了任務的事到處疲於奔命，身為對方的助手，明明他可以協助的事情很多，但為什麼這件事她都不肯和他商量呢？

聽著兩人看似詢問實則帶有逼問意味的關心，葉季玲的理智線有一瞬間差點當場斷裂，雖然被人關切是件好事，但是面對這種不實的「指控」她還是會感到不知所措好嗎！

「哈哈哈哈哈放心啦我沒事，多謝二位關心，真的！相信我我真的已經沒事了！」

葉季玲連忙擺手示意打哈哈的乾笑幾聲，企圖化解現場尷尬的氣氛，柳臣雪聽了之後雖然欲言又止，不過緊皺的眉頭倒是舒緩不少，臉上再度喚回了那抹溫和的微笑，而項毅展先是遲疑了半晌，後來在葉季玲再三掛保證、外加幾乎快要發毒誓來證明自身安全的情況下，對方這才終於信服。

小蕙，妳的演技真的是太浮誇了。葉季玲費了好一番功夫才成功說服兩人，疲憊之餘也不禁開始對徐小蕙的掩護方式感到一絲無奈，她發誓，回去之後她一定要好好制裁這個可惡的小妮子！

「對了，妳說妳來找我，是有什麼重要的事嗎？」

經柳臣雪這麼一提，葉季玲這才想起自己當初跑來找他的初衷。「老師，聽班導說你是這所學校畢業的啊？」

「對啊，不過那大約是十年前左右的事了。」柳臣雪笑著回應，似乎回憶起當年的往事。「那個時候，我還是音樂班的學生呢。」

「音樂班？我們學校什麼時候有音樂班了？」

「以前確實有，不過八年前廢除了。」項毅展默默補充著。

「雖然我當時主修聲樂，不過後來選擇繼續升學時我就放棄音樂這條路了，只是沒想到到了最後竟然會陰錯陽差地成為國文老師，而且還回到自己的母校教書呢。」

嘖，原來老師當初主修聲樂啊，怪不得唱出來的歌會這麼好聽。

回想起自己當初就是循著柳臣雪的歌聲一路追了過來，葉季玲便忍不住在心底跟著讚嘆一番，不過這並不代表她忘了自己來這裡的主要目的。

「老師，那你還記得黎音學姊是誰嗎？」

葉季玲小心翼翼的詢問著，深怕一個不小心會得到和班導一樣的反效果，雖然她知道依柳臣雪的個性來看應該不至於此，但畢竟有些事情不是每個人都願意開口，或者去深究。

比方說，江黎音為何無故溺死在泳池。

「黎音啊……已經好久沒人提起這個名字了，還記得這個名字在當時引起很大的風波呢……」

柳臣雪如是說著，柔和的語調有股淡淡情思，彷彿憶起那段曾被學校企圖掩蓋的過往。

「我不清楚她是怎樣的一個人，只是從當時鬧得沸沸揚揚的言論中得知她和我同一屆，據說黎音是個很好的女孩子，很多人一聽見她死去的噩耗都感到震驚不已，大概是不相信她會這麼輕易就離開人世吧。」

「因為她是校隊選手？」

「這也是其中一個原因，不過大家最懷疑的其實是另一件事。」他深深地吸了一口氣，「據游泳社成員的說法，黎音每次放學後都會一個人留下來練習，但是她被人發現時身上穿的竟然是學校的制服，可見當天一定有什麼事改變了她的行程，更重要的是——

「有目擊證人表示，那一天有個人曾在放學後的那段時間走出體育館。」

「意思就是說，這起事件並不是場意外，很有可能是謀殺囉？」

「這我不敢斷定，不過這個可能性並非全無，而這點就是大家所懷疑且不滿學校的主因。」

「也對，如果換作是我，大概也會對學校息事寧人的作法感到十分不滿，畢竟不管怎麼看對方明明有相當大的可能是他殺啊——」

「如果只是因為警方將整起案件以意外作結而選擇保護學生，那麼校方的作法應該不至於引起這麼大的反彈才對，現在聽來總覺得事情並不單純，柳老師，你知道學校為什麼堅持要將言論壓下、甚至下令所有老師絕口不再提這件事嗎？」

面對項毅展所提出的質疑，柳臣雪並不能否認對方過人的判斷力，他看著兩人望向自己的眼神，一個眼底充滿困惑但是同時夾雜著些許期待，另一個則是冷靜深邃甚至有股讓人不易接近的冰冷，柳臣雪不禁無奈地笑了出來。

「因為，那名有嫌疑的女同學正是學校董座的女兒。」

第七章　最後一塊拼圖

嘖，內幕什麼的果然最麻煩了。

在學校頂樓，葉季玲嘴裡咬著一雙木筷，一副若有所思的模樣。

蔚藍的天空難得的只出現幾捲如絲般舒展的浮雲，象徵著今日明亮動人的好天氣，然而燠熱的陽光一旦來到日正當中的時刻總顯得嚴酷許多，這讓許多意圖貪得一絲涼意的學生紛紛選擇窩在教室吹冷氣，若希望耳根子能夠暫時清靜一下，外頭的樹蔭或者遮蔽物的庇護將會是各位的最佳抉擇。

葉季玲永遠無法理解為何校園愛情漫畫裡的人物都喜歡約在學校頂樓吃午餐，明明「日頭赤炎炎，隨人顧性命」，若是在冬天那也就罷了，要不是因為現場至少還有一塊陰涼的地方可以擋太陽，她壓根兒才不相信有人會放著涼爽的電扇與冷氣不用，特地跑來頂樓行光合作用。

至於她為什麼會出現在這裡呢？這大概就要從頭開始說起了。

每到了中午，除了外頭的店家外，全校堪稱最水泄不通且動不動上演跑馬拉松比耐力比眼力等比賽的場所，莫過於人氣很夯的學生福利社了。

尤其是在炎熱的天氣裡，大多數學生都不願頂著大太陽到外頭覓食，因此最便利、最能有效迅速趕回教室吹只有中午才會開啟的冷氣的方法，那就是到福利社搶食。

在與柳臣雪談話的過程中，時間很快地一分一秒流逝，等到回過神時，不知不覺已來到了吃午飯的時間，俗話說「吃飯皇帝大、民以食為天」，要辦正事也得先填飽肚子才行，因此與柳臣雪的談話告一段落後，身為福利社萬年信徒的葉季玲便向兩人告別，打算在第一時間衝進福利社掃貨。

畢竟，等十二點鐘聲一響的那個瞬間，走道上馬上陷入人擠人的慘況並不是什麼大問題，最大的問題在於一旦到了這個非常時期，猛虎出閘的大家各個眼神兇煞如惡鬼轉世，只要打算衝進福利社的通通都是敵人，因此總免不了又要進行一場食物爭奪戰之午餐生死鬥。

就在葉季玲即將離開時，項毅展忽然出聲叫住她，說有急事需要她跟著自己到頂樓一趟。

雖然葉季玲不清楚對方究竟有什麼急事必須現在處理，而她本人也認為目前最重要的事應該是吃飯才對，但葉季玲想了又想後還是乖乖點頭，默默跟在項毅展後方前進。

既然項毅展說有急事，那麼依對方的性格來看，應該是真的迫不得已、有很重要的事要辦吧，葉季玲內心猜想著。

當她隨著項毅展的步伐來到頂樓門前，只聽見咿呀一聲，眼前的鐵門很快地在她面前開啟，只不過就在葉季玲踏入頂樓的那一剎那，她馬上看見前方陰影處坐著一名有著美麗棕褐色長髮的少女。

少女雙手環膝，身邊放了一個用水藍色布巾包好的超大包袱，她一看見兩人出現，當場立刻高興得向他們揮揮手，臉上那抹甜甜的笑與貓咪造型的黑色膝上襪，讓葉季玲不由得瞪大雙眼。

徐柚華？奇怪，她怎麼會在這裡？

葉季玲用充滿困惑的眼神看向隔壁的項毅展，而後者則是什麼話都沒說，默默從口袋拿出手機點開一則訊息給她看。

親愛的阿展，中午的時候記得邀請季玲過來和我們一起吃午餐呦~♡我今天會努力燒出許多家

常菜，所以你一定要記得找她過來哦~不能忘記！不能忘記！不能忘記！因為很重要所以要說三次XD

……所以，這就是你所謂的「急事」？葉季玲瞬間眼神死，她緩緩抬起頭看著項毅展，眼裡除了質問外還是質問，而後者也只是別過頭來，似乎是不想辯解及否認了。

雖然葉季玲實在很想對對方大吼「大哥你有話直說會很難嗎即使你沒有對象我也不會像那群花痴一樣會錯意好嗎」，但是就在徐柚華將水藍色布巾解開的同時，那至少疊了有五層之高的便當盒徹底吸引住葉季玲目光，讓她不得不被這驚奇的畫面所震懾，完全忘了自己方才正處於暴動階段。

墨色的盒身在光線的照射下反射出它飽滿的光澤，上頭畫了幾朵帶了點些許嫩粉的美麗梅花作點綴，讓整體增添了不少典雅氣息，而花兒那象徵剛毅與堅貞的特性，則是讓葉季玲不由得會心一笑起來。

梅花啊，真不愧是我們的國花哪。

「來，你們現在肚子一定餓壞了吧，儘量多吃點哦。」

徐柚華笑咪咪的將便當盒逐一排開，琳瑯滿目的佳餚乍看之下不只讓人食指大動，就連原本塵封許久的食物香氣也頓時傾洩而出。如果仔細觀察，便可發現徐柚華在料理的處理上，完全將色彩學的搭配原理發揮到淋漓盡致，這不僅大幅提升了葉季玲對她本人廚藝的驚艷指數，肚子此刻也毫不猶豫的直接發出響亮的咕嚕聲。

待兩人坐定後，徐柚華貼心的遞給兩人一人一雙木筷，接過筷子的項毅展和發現新大陸般不斷發出驚呼的葉季玲完全不同，整個人一直處於淡定狀態，彷彿眼前那堪稱滿漢全席的山珍海味在他眼中早已成家常便飯，他猶如老僧入定般、慢條斯理的從離他最近的那道料理開始品嘗。

其實，葉季玲的驚呼並不是沒道理的，擺在她眼前的不但有外表煎得金黃滑嫩的可口煎蛋、搭配各式新鮮生魚片的迷你握壽司、炸得金黃酥脆並鎖住飽滿肉汁的香嫩里肌豬排、清爽宜人的水果優格沙拉等料理，甚至還有散發出濃濃酒香與醉人氣息的紹興醉雞啊！

當葉季玲夾起其中一塊炸豬排放進口中咀嚼時，她頓時覺得自己的眼淚差點現場飆出來，金色的外皮不但酥脆得沒話說，在她咬下豬肉的那一剎那，鮮嫩的肉質與裡頭甜美的汁液宛如合奏著一首優美的交響樂，口中所充斥的炸豬排香氣不再只是炸豬排香氣，而是那種會齒頰留香、讓人難以忘懷的美好滋味啊。

這根本就是神作啊啊啊啊啊啊──

葉季玲心中的小宇宙不斷進行瘋狂爆炸，她完全沒想到看起來與廚房格格不入的徐柚華不單單只是同學眼中女神級的存在，而且還是那種「上得了廳堂，下得了廚房」的超級優質滿分媳婦啊啊啊啊啊啊──

這可以嫁了，真的可以嫁了……葉季玲第一次心中有著萬分感慨，如果她是男的，那她即使要用搶的也勢必要把對方娶回家啊。

「來，阿展，你也吃吃看這個嘛。」

正不停大快朵頤的葉季玲不經意抬頭，只見徐柚華親暱的夾了顆肉丸子湊到項毅展嘴邊，示意要對方張口，然而不知道為什麼項毅展堅持拒絕對方的好意，惹得徐柚華不由得嘛起她可愛的小嘴，將身子靠過去硬逼他把東西吃下去。

「你，嘴巴給我張開。」

「我拒絕。」

「為什麼？明明我之前這樣餵你你都會吃下去，為什麼你今天不吃呢？」

「妳裡頭放了菠菜。」

「討厭啦阿展，人家放菠菜是為你好嘛，乖孩子不可以挑食呦。」

看著兩人基本上可說是你儂我儂的相處模式，葉季玲覺得自己沒隨身攜帶墨鏡真是她這輩子最大的失誤，也不禁開始考慮自己是不是該先一步走人，避免她這個巨大電燈泡澈底打擾他人的恩愛時光。

她突然想到徐柚華方才那句「明明我之前這樣餵你你都會吃下去」，這讓葉季玲不由得愣了半晌，從這句話的語意與邏輯來推論，也就是說——

項毅展你這個可惡的人生勝利組！原來你每天中午都有所謂的「愛妻便當」可以吃啊！

一想到這點，葉季玲的眼神沒來由的幽怨起來。

人家對方不但腦袋臉蛋身材兼具，就連廚藝也是一整個好到爆炸，這樣的好老婆你要上哪找？你這傢伙耍任性挑食個屁！還不趕快找時間娶了她！

「季玲，妳覺得吃起來怎麼樣？還合妳胃口嗎？」

徐柚華的視線猛然落在葉季玲身上，眼中看起來盡是充滿期待，而後者似乎是沒料到徐柚華會開口這麼問，腦袋一時之間大當機，只能一臉錯愕地看向對方，似乎完全忘了自己方才的義憤填膺。

「喔喔喔妳做的菜很好吃啊，我很喜歡。」

雖然葉季玲到現在還是無法明白徐柚華為何堅持要邀自己一起來共進午餐，不過對方的廚藝確實好到沒話說，想她每天中午都只能拚上性命到福利社搶食，而且搶的食物還和小七那種即時微波食品又有著異曲同工之妙，說實在話，她葉季玲有的時候也很想吃現做而且還會冒著熱騰騰白煙的熱食啊！

「真的嗎？那妳有沒有吃吃看這道紹興醉雞？這是我今天嘗試的新料理，妳一定要試試看才行。」

徐柚華興奮地夾起一塊雞肉，整個人幾乎是反射性的差點直接撲到葉季玲身上，看著對方溢於言表的熱情與期待，以及那不知道為什麼堅持打算親自餵食自己的動作，葉季玲猶豫了老半天，最後還是默默張口讓對方把食物送進來。

啊啊啊啊啊一樣是宇宙霹靂無敵神級好吃啊——

葉季玲眼淚再次準備奪眶而出，然而她卻在下一秒瞬間皺眉，似乎是察覺到有哪裡不太對勁，然而那股怪異之感一時之間卻無法用言語來描述。

……嗯？難道是「那個」？

「妳酒是不是加得比較多啊？」葉季玲問著，眼底有些困惑。「雖然很好吃沒錯，不過酒的味道澈底掩蓋了雞肉本身的存在，似乎有點太喧賓奪主了……當然啦酒也是重點沒錯，只是我比較不習慣這麼重的酒味而已，這純粹是我個人的喜好問題妳不必太在意沒關──」

「原來如此，看來我還是改不了酒放多了的老毛病呢。」

徐柚華輕笑，那如月牙般彎起的雙眼似乎多了幾分不易察覺的惆悵。

「妳還是一樣，總是能這麼清楚的分辨出當中的異同。」

蛤？什麼意思？我們不是才第一次一起吃飯嗎？妳為什麼要這麼說？

葉季玲心中的滿腹疑問還沒來得及說出口，原本表情有些異常的徐柚華突然話鋒一轉，再度變回溫柔俏皮的模樣，像是想到什麼事情般，直接伸手往旁邊探去。

「對了阿展，上次你請我幫忙調查的事情結果已經出來了，你看一下。」

她從隨身小包包抽出一疊資料，遞給坐在一旁的項毅展，而他什麼也沒說便順手接了過去，彷彿兩人間的關係與默契並不需任何言語說明，便足以證明當中的緊密。

翻了幾頁後，對方若有所思的模樣倒是引起了葉季玲的注意。

「派人查了一下江黎音的人際關係，我發現她和班上同學基本上並沒有什麼深交，但也沒什麼深仇大恨，彼此的關係頂多是那種見了面會微笑點頭問好的那一型，不過當時她在班上似乎有一位交情還不錯的朋友，對，就是你現在看的那一頁。」

一聽見是和江黎音有關的消息，葉季玲二話不說立刻丟下筷子迅速湊到項毅展身旁，然而映入眼簾的是一名留著俏麗短髮的女子照片。

她戴著一頂英倫復古墨色爵士帽，身穿短版的黑色皮衣修身夾克，臉上那副墨鏡與她嘴角勾起的弧度展現出她傲人的自信，彷彿就算用全世界與她抗衡她也能在群雄之中拔得頭籌，而那樣看似無畏的信念與傲人成就，是專屬於她的驕傲。

女子雙手交叉擺胸，右手拿了瓶印有「Eros」字樣的香水霸氣展示在眾人面前，照片特地採取傾斜方式拍攝，使得她那睥睨群雄的氣勢一發不可收拾，在時尚中增添了不少輕狂。

「她叫黃瑀，是現今知名專櫃品牌『Eros』的創辦人，於法國發跡，雖然才二十來歲卻已經是名聞國際的首席設計師，無論是香水還是服裝設計通通都是她的強項，據說她是目前最被看好的時尚潛力新秀。」

徐柚華笑著，豎起食指輕輕壓在唇上。「當然，我父親的子公司也有代理Eros的相關商品就是了，畢竟在貴婦名媛間可算是搶手貨呢。」

「這個黃瑀就是黎音學姊的好朋友？」

葉季玲看著照片中的女子，似乎無法想像具有如此強烈風格的女孩子竟然會和江黎音是朋友，因為不管怎麼看，江黎音應該是屬於文靜氣質型，而黃瑀說穿了走的路線就是活潑外向、說話帶刺的那種狂野作風，照理說，兩人應該不可能有任何交集才對。

但是，為什麼會變成好朋友呢？

「年紀輕輕就能獲得如此殊榮，確實不易。」像是想到什麼，項毅展不經意問著：「她的法文能力不錯吧？」

「那當然，都快算半個法國人了，不說得一口流利的法文是要如何生存呢？」徐柚華眼底閃過一絲流光。「更何況，想在巴黎打入時尚圈，除了實力外基本的文化認同也是很重要的。」

「果然厲害，一點就知道我想說什麼。」

「難得你這麼不迂迴的稱讚我，我可以當作這是你給的最高榮譽嗎？」

聽著兩人謎語般的對話，葉季玲怎樣也想不透如此高深莫測的對白中究竟藏了怎樣的暗示，而她一臉困惑的表情反倒澈底顯現了她內心的茫然，讓注意到的徐柚華不自覺噗哧一笑，伸手揉了揉對方麻糬似的臉頰。

「嗚嗚妳幹嘛啦……」

「小笨蛋，人家阿展的意思是他大概已經確定黃瑪的身分了。」

對於徐柚華攻擊毫無反抗能力的葉季玲只能在原地掙扎，一聽見案情有進一步的推展後，她的眼睛馬上為之一亮，原本不停抵抗對方進攻的雙手立刻失去戰鬥力，儼然忘了自己方才正拚死阻攔徐柚華的騷擾。

只不過，她內心又多了一個疑問，那就是：項毅展所確認的是指黃瑪的什麼身分呢？

「妳還記得柳老師最關鍵的那一句話嗎？」不必等對方提起，項毅展已經看出她內心的焦慮了。

「最關鍵的那句話……」

葉季玲回憶著，努力回想與柳臣雪談話的過程中他們所獲得的新線索，然而最令人在意且最為震撼的，應當是——

——「因為，那名有嫌疑的女同學正是學校董座的女兒。」

「學校董座的女兒！」葉季玲不由得發出一聲驚呼，她再次定眼仔細瞧照片上頭的女子，如果項毅展的推論正確，再加上徐柚華的消息來源可靠的話，那麼黃瑀不但是江黎音的好朋友，而且還是害死她的嫌疑人。

可是，這又是為什麼呢？

葉季玲完全無法想像，兩個能有說有笑、分享彼此祕密的好朋友到最後反目成仇的畫面，究竟是怎樣的恩恩怨怨，才會導致昔日好友被全校同學認為是殺人兇手呢？就如同她和徐小蕙的關係，要是她們兩個哪一天吵架了，她也無法想像對方會狠下心來把自己殺死。

——**「妳怎能確定，對方總有一天不會背叛自己？」**

誰？是誰？是誰在跟我說話？

一道聲音驀地自耳畔響起，彷彿受到訊號干擾般，那低沉的嗓音好似在耳邊低語呢喃，又遠如遙岸的彼方，一字一句重擊著她的心，似乎有什麼被遺忘的東西正不斷在黑暗處蠢蠢欲動。

葉季玲慌張地轉頭察看，想找出聲音主人的方向，卻不經意瞥見徐柚華及項毅展兩人正用怪異的眼神看向自己，彷彿剛才聽到的聲音從來沒有出現過，自己的舉動才是最不正常的。

沒事的，沒事的……現在最重要的是黎音學姊的事，葉季玲，沒事的……

按住狂跳不已的心臟，她試圖壓抑那股負面情緒，讓心情慢慢回復到原本的狀態。「能說說你發現了什麼嗎？」

「黃瑀在十八歲的時候前往法國讀書，直到她成名有了自己的事業為止，從來沒有一次回到臺灣的紀錄。」

見葉季玲刻意不提自己方才為何驚慌失措的舉動，項毅展也只能選擇不問，繼續回答對方的問題。「她的家人還在臺灣定居，這十年完全不回家探視，實在有些古怪。」

「更重要的一點是，我完全找不到關於她去法國讀書前的資料呢。」一旁的徐柚華補充著，似乎是在提醒大家最關鍵的地方。「如果說出入境資料是遭到有心人士竄改，那至少還能勉強解釋成是為了營造出她只關心自己事業的詭異八卦，但大學以前的紀錄通通不見蹤影，那可就有趣了。」

她微笑，「要不是阿展傳了當年他們畢冊裡全班的個人照給我，我也不會發現黃瑀原來也是這所學校畢業的。」

「能夠刻意抹去自己過去的人，總得要有兩把刷子才能做得如此澈底吧。」

所以說，黃瑀真的就是害死黎音學姊的兇手囉？葉季玲在心中自問著，一時之間還是無法接受這個事實。

那一天放學後，兩人為何會在體育館碰面？是不期而遇，還是特地約好的呢？事情的真相早就掩埋於十年前的過去，那段充滿懺悔的文字至今依舊深烙在葉季玲腦海，如果黃瑀真的只是嫌疑人而非兇手，那她當時是否有出來澄清一切呢？

或許，對她來說，這所學校早已成為她這輩子不願接觸的傷心地，唯有離開臺灣一途才能澈底遠離所有紛爭吧。

既然如此，那為何一開始江黎音不告訴他們所有事情的原委？明明只要直截了當的告訴他們名字及她待在水底的起因，那麼她就很有可能早一天脫離苦海了不是嗎？

唉，現在能夠告訴大家真相的，恐怕只有被禁錮在幽暗水域的那抹孤魂，只有她才能還原一切了……

「走吧。」項毅展起身，朝體育館的方向望去。「也該是時候去找學姊釐清案情了。」

「你說現在？可是我們不見得能遇得到她啊，況且去之前我應該要先回去向風紀報備一下，否則老師要是問起那就麻煩了。」葉季玲茫然地抓了抓頭，完全猜不透對方究竟是在想些什麼。

「放心吧，請公假的事我會幫你們處理妥當，你們就安心的去吧。」徐柚華比出ＯＫ的手勢，笑著掛保證。

「差不多該收尾了，既然當時學姊不肯說明，那當中想必應該還有什麼內幕才對，就當作是在碰運氣吧，我們時間所剩不多了。」

如果妳還活著，那妳會不會覺得我是個自私的人呢？

長椅上，火星忽明忽滅。

一名女子長腿交疊，抬頭仰望天空，緩緩吐出一縷裊裊白煙。

耀眼的陽光穿透樹葉縫隙，在地上形成片片斑斕，一陣輕柔的風從遠方吹來，拂過搖曳的枝頭，也拂過她額前的髮絲。

午後的靜謐總是格外引人沉思，眼前翻飛的花兒隨風揚起，最後如輕盈的蝶在空中漫天飛舞，不知為什麼她突然笑了，眼底盡是精明幹練光采的她竟流露出一絲溫柔，彷彿這股溫柔至始至終只為某人保留。

自私也好，後悔也罷，這世界從來沒有如果。

縱使有後悔藥，我想我們兩個也不會如此輕易服下吧。

嘴角不自覺勾起一抹笑，她垂下眼眸，纖細而柔美的眼睫毛如羽毛般輕顫，似乎正回憶著昔日過往。

也許，她之所以會努力活到現在，為的都是那一天的到來吧。

「那個……不好意思，請問妳是黃瑪學姊嗎？」

那帶著些許遲疑的女聲自左前方傳來，待她往聲音的方向望去，映入眼簾的是一名綁著麻花辮的少女及不苟言笑的少年，雖然站在一起的兩人因截然不同的氣質使得畫面有些不協調，但閱人無數的黃瑪還是看得出兩人之間有股難以言喻的默契。

以及，眼底那尚未遭受世俗玷汙與扭曲的純真善意。

「沒想到在這所學校竟然還有人喊得出我的名字，真令人訝異。」

黃瑀笑著，口中再次呼出的是稍縱即逝的白煙。「看你們的制服，想必還是在學生吧，我已經好久沒和學弟妹說過話了。」

聽見確實是黃瑀本人無誤後，葉季玲心中的那塊大石終於落下，整個人看起來也比剛才戰戰兢兢的模樣還要放鬆許多。

其實，會在這裡遇見黃瑀，完全出乎葉季玲與項毅展兩人的意料之外，原本他們兩個正打算往體育館方向前進，卻沒料到在操場附近的樹蔭下，發現一個熟悉的身影坐在長椅上。

這件事本來可以直接忽略的，但就在穿越大樓的那一瞬間，不知道為什麼葉季玲不自覺多瞧了對方一眼，但就只是那一眼而已，便足以改變彼此的命運。

雖然對方此刻並沒有戴照片中的那副墨鏡，但那頭挑染成亮紫色的俏麗短髮以及一身設計師獨有的品味卻讓葉季玲感到印象深刻，因此她下意識拉住項毅展的衣角，示意對方注意那名女子。

或許是因為直覺向來敏銳的關係，不必等葉季玲說明，項毅展很快就讀出對方眼底的意思，當他順著葉季玲眼神的方向看過去後，心裡也隱約猜到幾分了。

和黃瑀的相遇，與其說是上天賜予的巧合，倒不如說這一切的發展彷彿冥冥之中自有人牽引，使他們得以在這關鍵時刻找到當年的關係人。

「黃瑀學姊，如果可以的話請妳告訴我們關於黎音學姊的事，雖然這麼說確實有些失禮，但妳是黎音學姊最親近的朋友，也很有可能是最後與她接觸的人，這件事對我們來說很重要，拜託妳了。」

沒有任何回應，也沒有任何人出聲，時間靜靜地流轉，風兒悄悄地吹過，唯一不變的，是那始終保持靜默的裊裊白煙，輕得讓人不易捕捉。

她深深吸了一口氣，再次呼出的是對往昔的無限惆悵。

「坐著吧，這樣也比較好說話。」

黃瑀沒有抬頭，叼著菸的食指與中指輕輕擺動著，示意兩人坐到她身旁，待兩人坐定後，她隨手將菸捻熄，臉上出現一抹淺得幾乎讓人看不出的笑意，自嘲地說著。

「以後可別像我這樣染上惡習，雖然抽菸沒什麼不對，但對身體總是不大好。」

她望著天空，熟悉的菸味依然環繞四周。「人一旦選擇長大，那麼背後要承擔的責任與包袱將不會是過去自己所能衡量的，大概就是從那個時候開始染上菸癮的吧，我猜。

「以前的我很討厭別人抽菸，但沒想到長大後自己竟然成了當年最厭惡的那種人，現在回想起來還真是諷刺啊。」

聽著對方的喃喃低語，其實葉季玲內心沒來由的感到一陣慨歎，她什麼話也不能說，只能坐在原地自顧自地扳弄糾結在一塊的手指，無從插手。

人的一生總得面臨許多無奈，而成長則是每個人的必經之路，你費盡千辛萬苦使自己獲得了社會的認可，拿到符合世俗標準的門票，順利成為他們眼中的一份子，然而到頭來背後所要付出的，卻是歷經風霜後渴望回歸的純樸與本心。

這世界，究竟有多少人能秉持初衷度過一生呢？

在各式競爭的場合中，獨自嚐遍了世間的人情冷暖，為了不成為別人眼中的異己，有多少妥協最終成了隨波逐流？又有多少人漸漸變成自己最初厭惡的那些人？

或許，人們都只計較是否有所成長，卻不曾去細究付出的代價何其高吧。

「黎音是個好女孩，只可惜她的聲帶在出生時發育不完全，否則一定會有更多人願意跟她當朋友。」

無視兩人眼底的驚呼，黃瑀的視線越過眼前的風景，最終落在遙遠的彼方，彷彿憶起那段朦朧的歲月，模糊的時光。

「我不清楚高中以前的那段時間她是怎麼度過的，我只知道她是一個很安靜的人，總是一個人默默坐在靠窗角落的那個位子，有人去找她時，她會露出那抹淺淺的笑，靜靜聆聽對方說話。」

似乎回想起當時的情景，黃瑀的眼神也跟著柔和起來，嘴角不自覺揚起。

「黎音無法像正常人一樣開口說話，所以她都會隨身攜帶筆和筆記本，方便跟人溝通。」她頓了一下。「雖然班上同學不會因為她的缺陷而排擠她，但是在溝通上還是需要點耐性的，因此，一開始與黎音接觸的人慢慢選擇離開，漸漸地到了最後她在班上又回到一個人了。」

一字一句的傾吐緩緩陳述著往昔的那段故事，那說書人般的口吻與悠悠字句不知不覺流瀉出一股淡淡的情感，只見黃瑀輕輕撩起一旁的髮絲，微瞇的雙眼映著的是斜照枝頭的美麗金光，與記憶中流轉的溫柔歲月。

「我和黎音本來就是兩個不同世界的人，她喜歡閱讀，坐在一旁靜靜欣賞這世界美麗的地方，而我喜歡熱鬧，追求任何一個能夠展現自己能力的機會。」

她笑了，「很奇怪吧，照理說我們兩個應該不會有任何交集才對，但有一天我就像是被雷打到一樣突然拿著紙筆跑去跟她搭話。

「既然大家選擇離開是因為不習慣等待，那麼我就用寫的方式來和她溝通吧，這麼一來我們兩個就一樣了吧。

「一開始只是簡單的問候，本來就是因為好奇才試著去接觸她，卻從來沒想過總有一天黎音會成為我生命中最重要的一個人。

「她的字很美，就和她的心靈一樣澄澈無瑕，漸漸地我也開始迷上了這種透過書寫的溝通方式。當然啦，有的時候黎音會笑著嫌我的字太醜，因此我一氣之下那幾天就會開始耍脾氣，想說乾脆從頭到尾都用畫的給她看好了，而這個時候黎音就只能玩猜猜樂了，但當我看到她皺著眉頭很努力地想讀出我圖中的意涵時，我又會忍不住笑出來，於是我們很快又和好了。」

她再次低語呢喃著，「反反覆覆，每一次的衝突，都成了更進一步了解彼此的機會。」

黃瑀所述之語，款款流瀉出一股讓人不易察覺的柔情，這些話語聽在葉季玲耳中，她能確實感受到這是一段得來不易的友情。性子迥然的兩人，究竟要在怎樣的契機下才有辦法於茫茫人海中看見對方呢？一旦錯過了，那麼她們這一生終將成為永不相交的平行線。

既然如此，那麼黃瑀為何會被大家視為兇手？彼此明明是有著如此深厚交情的朋友，在眾所皆知的情況下，兩人之間到底發生了什麼，才會讓眾人一口咬定她就是嫌犯呢？

葉季玲無法明白為何兩人的友情會遭到質疑，也不知道為什麼她內心開始感到無比焦慮，有好多好多的疑問堆積在胸口讓葉季玲感到相當鬱悶，徬徨、不安與惶恐猶如潛伏的黑影，不時顫動著她緊貼住大腿的雙手，讓她幾乎快要窒息。

茫然的葉季玲欲張口詢問，坐在身旁的項毅展卻及時按住她的左手，搖頭示意先別出聲，靜靜等待對方的回音。

「喏，你們一定很好奇對吧，我們兩個感情明明這麼好，我為什麼還會被當成兇手呢？」

黃瑀抬頭，看向葉季玲兩人時眼底閃過一絲流光，她露出似笑非笑的神情，讓人不由得感到一陣寒顫。

「我想你們可能已經聽說過一些傳聞了，說我是唯一一個在放學後走出體育館的嫌疑人，對吧。」

她沒有否認，只是輕輕笑著。「那些啊，其實都是真的哦。」

驀地，黃瑀溫和的眼神多了一份憤慨，彷彿來自她生命中最厭惡的那段過去，那猶如從十八層地獄熊熊燃起的嫉妒業火在她眼裡燃燒著，跳動的火炬有股難以言喻的情感參雜其中。

以及，那一閃而逝、快到讓人無法察覺的哀傷。

「黎音很喜歡游泳，她放學後都會留下來一個人到泳池練習這件事我是知道的，但是那一天除外，所以我才會刻意留了張字條和她約在體育館碰面。」

像是一輩子深烙在心中的罪惡，當日的情形宛如電影般在她腦海放映、越發清晰，最後形成一塊烙在心口的印子，永遠無法抹去。每每觸及，她總能感受到當年因憤怒而高漲的體溫，與那緊握的拳頭所沁出的黏膩。

「你們相信單方面的師生戀會有成功的一天嗎？」她回看了兩人一眼，那抹慘澹的笑頓時映入兩人眼中，久久無法散去。「我啊，就是害怕知道答案所以才不敢去面對。

「那一天午休的時候，我在操場的大樹上偷偷聽到了哦，我們那個萬人迷班導竟然跟黎音告白了，告訴她放學後會在社團教室等待她的答覆。」

一聽到這裡，葉季玲和項毅展各個不由得瞪大雙眼，彷彿聽到了什麼不可告人的祕密，他們想過了各種可能性，卻從未料到竟是這樣的原因促成了後來的局勢。

師生戀、嫉妒、謀殺……各式各樣的詞彙開始不斷於腦中浮現，明明經由黃瑀的自白他們已經快接近答案了，但葉季玲心裡總覺得好像有哪裡搭不上來，似乎還有塊最關鍵的拼圖尚未湊齊。

「喏，你們覺得我和黎音真的是朋友嗎？明明知道對方不可能接受班導的告白，但最了解她的我卻還是很害怕知道答案，為此我故意留了張字條給她，要她放學後到泳池一趟。

「那一天剛好是黎音的生日，我老早就準備好一條項鍊要當作她的禮物，原本想要在回家的路上給她一個驚喜，卻因為班導突如其來的行動打斷了，不得已我只好將計畫提前，也想說只要能拖住黎音別讓她到社團教室就行了。」

黃瑀笑了，眼瞳蒙上一層薄薄的水霧，那股哀戚伴隨嘴角揚起的弧度，悄悄綻放。「只可惜，這一切不過是我自作多情罷了。我以為我們在彼此心中是一樣重要的，但當我看見她不停低頭看錶的焦急模樣時，那一瞬間我突然明白了，原來她依然還惦記著要趕到社團教室的事，對她而言班導的地位還是凌駕在我之上的。」

「所以，妳把她推下去了？」沒有任何猶豫，沒有任何遲疑，始終保持靜默的項毅展驀地開口，不是出自質疑，而是像往常一般再稀鬆不過的語氣。

「對啊，我一氣之下就把她推進泳池，拿著我原本要送給她的禮物賭氣離開了。」黃瑀低頭，垂落的髮絲遮住她的面容，讓人一時之間看不清她的情緒。「本來我只是開個玩笑而已，畢竟黎音的身手眾人皆知，要游回岸上根本不成問題，只是，我沒想到那天之後她就再也沒出現了……」

雙手掩面，從指間縫隙流瀉而出的是這輩子無法原諒的懊悔，明明只是因一時憤怒而開的小玩笑，殊不知這個舉動竟成了兩人天人永隔的分際，如果時間還能重來，她是不是就能彌補自己所造成的過失呢？

「在那之後，身為最後一個和黎音接觸的我，理所當然成了同學口中的殺人兇手，而這件事不論對內還是對外都鬧得沸沸揚揚。為了將這件事壓下來，學校下令全校師生不准再議論此事，而父親則是想辦法動用金錢與人脈，盡可能大事化小、小事化無，漸漸地這件事其他人也不再提及了，只不過，我是兇手這件事對當時的人來說是永遠無法否認的事實。」

語畢，像是終於放下心中的那塊大石，她如釋重負地呼出一口氣，靜靜坐在長椅上。「我該說的已經說完了，至於信或不信，就不是我能干涉的事了，你們自己拿捏吧。」

聽完了黃瑀的故事後，葉季玲有好一陣子只能坐在長椅上發愣，無法進行思考。或許是因為事實的殘忍讓她不得不接受，也很有可能是因為這些真相早已在她腦中演練過無數回，只是她固執地不願去接觸罷了。

執意追尋真相並不是件壞事，只是需要比平常人多一份勇氣來面對，當赤裸裸的現實將人性的殘酷呈現出來時，一旦選擇「接受」與「面對」，就必須忍受遍體鱗傷的痛楚，過程雖然煎熬，但這往往成為一個人成長的契機。

也許，葉季玲需要的正是這份成長的機會。

「黃瑀學姊，謝謝妳願意告訴我們這麼多。」項毅展起身鞠躬道謝，而一旁還尚未從沉思中回到現世的葉季玲見狀後也連忙做出相同的動作，算是對黃瑀表達自己內心的感激。

「對了學姊，能冒昧請教妳一個問題嗎？」像是突然想到什麼，葉季玲不經意開口，而在同一時間，黃瑀恰巧抬頭與葉季玲四目相交。「為什麼妳願意對素昧平生的陌生人說關於黎音學姊的事呢？當初選擇離開臺灣到法國發展，不就是為了遠離當年的是非嗎？」

「呵，妳問我為什麼啊……」一陣風拂過她耳鬢的髮絲，像是遠方的呢喃，輕輕呼喚著午休的枝葉與花兒。

以及，那段早已破碎無法追回的美夢。

「或許，是因為我累了也說不定……」

第八章　活過春暖花開的日子

滴答、滴答。

滴答、滴答。

秒針開始倒數著光陰的流逝，驀然出現的滴答聲開始在靜寂的空間迴盪，彷彿這聲響至始至終都不曾消失。

滴答、滴答。

滴答、滴答。

像是遠方傳來的呼喚，那細微的聲音悄悄傳入少女耳中，她抬頭，修長的髮絲隨著她的動作漫成一張美麗的網，仰望那永無止盡的冰冷水層。

噗嚕、噗嚕。

噗嚕、噗嚕。

一個又一個的微小氣泡從上頭緩緩墜落，她伸手攤掌，那氣泡彷彿具有意識般，於掌心輕輕舞動著，最後「啵」的一聲在眼前迅速消逝。

誰？究竟是誰呢？

她又為了什麼而選擇待在這裡呢？

好似從沉睡中甦醒的幼苗，記憶如細長的流水開始緩緩注入，一點一滴地在腦海逐漸浮現，一幕幕情景如雨中的水窪泛起波波漣漪，最後晃成一曲清澈的笛音。

江渚之上，柔光乍現，喚醒天地萬物，這一刻是黎明最美麗的聲音。

曾經，有個人對她這麼說過。
滴答、滴答。
滴答、滴答。
是啊，她想起來了。
她的名字，就叫做江黎音。

「喏，妳知道今天是什麼日子嗎？」
黑暗中，一名女子自言自語，指縫間的火星發出微弱的光。
隨著她的動作，一明一滅，如燈火般閃爍。
「妳知道嗎？學校高層的腦袋真奇怪，他們以為只要把遺留的痕跡通通毀掉，那麼這一切就萬無一失了呢。」
她長腿交疊，眼裡有著難得的平靜，口中再次呼出的是一縷裊裊白煙。
「就算每年都有一批新生進來，想要用這種方式來拖延也未免太好笑了吧，就算他們用再怎麼正當的理由來換校服，我所做過的事，也不可能通通都埋在過去。」
眼神驀地一黯，「總會有那麼幾個還記得的，不是嗎？」
她將菸頭捻熄，起身來到泳池旁，俯視平靜的池面。
「比如說我。」

就和預想的一樣，即使過了這麼多年，她這輩子最想聽見的依然是某人的答覆，可惜的是對方再也不會搭理她了。

偌大的空間終究只聽得見均勻的呼吸聲，時間在沉默中悄悄溜走，時光彷彿倒回到十年前的那一天，而她依舊在徬徨與悔恨中找不到任何獲得救贖的方法。

「黎音，生日快樂。」

她蹲下身，往脖頸處伸手一拉，映入眼簾的是條掛於頸間的美麗項鍊，懷錶造型的墜子在僅存光線的照射下竟顯得光彩奪目。「如果妳也像班導那樣恨我，那我接下來送妳的禮物——」

「妳一定，會相當開心吧。」

沒有任何喘息的空間，也沒有任何多餘的時間能讓他們猶豫，橘黃色的天空掠過數點黑鴉，劃破天際線的彼端，而夕陽斜照下有兩抹身影快速越過操場，最後來到了他們最熟悉卻也最陌生的建築物前。

今天是星期四，原本充滿活潑歡樂氣息的校園在此時陷入一片死寂，沒有學生注滿朝氣旺盛的青春活力，也沒有下課鐘聲一響就人聲鼎沸的喧囂與熱鬧，整間學校宛若一座死城，只有死亡及凋零。

距離任務完成時限還有一天，不，正確說來應該是不到一天了才對。月老交給葉季玲的手冊上頭寫的時間是三周後的申時，但是這個時間其實是值得深思的，因為它並不像電子儀器有倒數計時的功能，所以真正開始計算的基準究竟是哪一天，這一點一直有爭議。

巨大圓弧背對著光，此時看過去猶如一隻張著血盆大口的怪獸，正齜著牠陰森森的利牙對兩人露出不懷好意的笑，彷彿隨時都能將兩人一口吞下。

原本該緊閉的體育館大門此刻竟然在他們眼前敞開，這讓兩人不安的預感徹底成真，畢竟唯一的一串鑰匙現在還在項毅展手中，照理說，學校一般人員根本不可能有能力進入才對，除非——對方的身分足以透過其他管道拿到備份鑰匙。

「季玲，待會妳自己走進去可以嗎？我有事情要處理，可能得先離開一陣子。」項毅展的語氣中難得出現一絲猶疑，他不安地看向對方，一時之間無法篤定自己的作法是否正確。

先不論裡頭是否會出現什麼危險，月老先前的警告與那日葉季玲反常的模樣至今仍深深烙印在腦海，沒有他跟在身旁的行動，說實在的，項毅展根本無法放心。

他本來應該和葉季玲一同前往才對，無奈的是目前的他有更重要的任務必須去執行，而且也只有他能夠勝任了。

「你放心，我沒問題的。」

葉季玲拍拍胸口掛保證，彷彿早已感受到對方的焦慮，為了讓項毅展徹底放心，她再次強調：「這一次我一定會保護好自己，而且那傢伙也說了，只要我碰到對方就算出局了，因此說什麼這次我一定會小心行事的。」

「記住，凡事不可輕舉妄動，安全優先，懂嗎？」見葉季玲如此信誓旦旦的模樣，項毅展仍不忘多叮嚀幾句，只怕到時對方又將自己說的話通通拋到腦後去。「紅線呢？」

「在這裡。」葉季玲從小包包抽出隨身攜帶的紅線，紅色絲線此刻看來竟發出熠熠紅光，似乎正回應著遠方的呼喚，讓人看了不禁多了幾分不真實感。

「那我先過去了。」

項毅展伸手拉著紅線的一端，說也奇怪，原本散發紅色光芒的絲線，從這一刻起隨著被抽離的部分顏色逐漸轉變成透明，彷彿隱形了般，惟有躺在葉季玲掌心的絲線依舊維持著原來的模樣。

「萬事小心。」

「我知道了。」

就這樣，兩人便以體育館大門為分界，就此分道揚鑣、前往各自的目的地完成自己的任務。

啪答、啪答、啪答、啪答、啪答——

像是早已預知到裡頭會發生什麼始料未及的憾事，與項毅展分別的葉季玲此刻正快速沿著走道拚命往前直衝，縱使室內依舊灰暗到讓人忍不住直發毛，她還是努力無視腳下的潮濕與黏膩，直直往游泳池方向前進。

然而當她抵達目的地的同時，一個黑色身影突然撲通一聲躍入池中，在她布滿錯愕的雙眼留下不可置信的驚駭。

從她懂事開始，她就知道自己和其他人不一樣了。

「對不起，是媽媽不好……如果沒有這項缺陷，那麼妳就不會被欺負了……」

當母親抱著她痛哭失聲時，說真的，那時的她並不懂母親為什麼要向自己道歉。

小小的手輕輕摸著母親臉上的憔悴，以及那溫熱的淚水，茫然的她最終只能望著母親的面容，始終無法理解究竟發生了什麼事。如果她可以開口，那麼她想告訴母親其實沒關係的，就算無法開口她也不會覺得怎樣，她從來就沒有埋怨過對方，因為聲帶發育不完全並不是母親的錯。

除了無法說話外，其實也沒有什麼不方便的，她還是能像正常人一樣生活。

人生嘛，難免會遇到一些比較奇妙的人，總會有那麼幾個喜歡惡作劇或當眾喊她「啞巴」試圖給予難堪，但是相對的卻有更多的人選擇站出來幫忙，出聲制止那些惡劣行徑。

她知道，這世界的惡意一直不曾減少過，有的時候甚至讓人感到灰心，但是她更願意去相信這世上還是存在著不少願意釋出善意的好人，因此每當她看見對方毫不猶豫地向自己伸出友善的手時，說真的，她都會覺得自己很幸福。

人的一生如此短暫，能夠擁有這麼多相遇的機會並不容易，她知道自己一直都很幸運，因此在感動之餘，她也格外珍惜這得來不易的緣分。

為了彌補自己無法說話的缺陷，從小時候開始，她就花了比別人多好幾倍的時間努力學習認字、寫字，無論是一開始的注音符號還是難度等級逐漸提升的國字，經過一番努力後，小小年紀的她已經比同年齡的小孩子還要早懂得如何書寫了。

然而，她之所以願意花時間努力投入學習，其實不過是單純希望自己有朝一日能夠以這樣的方式與人們溝通，僅此而已。

雖然她寫字的速度並不算快，但每當她看見別人終於能理解自己意思的當下，有那麼一瞬間她會覺得自己變成正常人了。

那看似孤立無援、同時又無法明確表達自己想法的日子，終於結束了。

或許是性格使然也說不定，自從上了小學後，她發現與到外頭玩耍相較起來，其實她比較喜歡安靜的活動。

一個人靜靜坐在椅子上閱讀，讓自己浸淫在文學的世界中，盡情享受對方所帶來的薰陶，偶爾跟著書中人物的一顰一笑，恣意展現自己最真實的情感。或許，這樣的模式才是最適合她的活動吧。

當她放下手邊的書本讓眼睛休息片刻時，不知道為什麼，她的目光總會不自覺被眼前那群一同嬉戲、打鬧的同學們所吸引，久久無法挪開視線。

說真的，有的時候她會沒來由的感到一絲寂寞，還有羨慕。

如果可以，她其實也想和大家一起愉快地玩耍，可惜的是她和大家似乎一直有著無形的隔閡，縱使同學與老師願意包容她、甚至是多關照她一點，她總覺得自己始終與大家不一樣。

那樣的特別，總是夾帶著些許憐憫與同情，在大家眼裡，她永遠不能被等同視之。

因為，她一直是最特別的那一個。

這樣的發展，即使到了國中也不曾改變過，雖然每個人都願意對她投以善良的微笑，但是長時間下來，她很快就發現這些並不是她所要的，她真正想要的其實是一個願意與自己聊天的朋友。

僅此而已。

可惜的是，這對她來說只能是個永遠無法觸及的美夢。

手寫的溝通方式本來就比其他方法需要多一倍的時間與耐性，即便一開始周遭人們能夠耐住性子等待她的答覆，久而久之，人們的耐性終究也會有消磨殆盡的一天。

平常與人聊天是件輕鬆愉快的小事，但對象如果是她勢必得要有相當程度的耐心才行，兩人間的一問一答通常無法像他人聊天一樣毫不間斷。

等待，成了她與人們溝通時最致命的障礙。

於是，一開始試著與她接觸的人慢慢選擇離開，很快地她又回到一個人了。

她知道，朋友這件事是不能勉強的，就如同她無法改變自己無法說話的事實，一切就只能順其自然，強求不得。

原本她以為自己會像現在這樣繼續過著只有一個人的日子，然而直到升上高中後，她這才發現自己的世界並不如她所想的那麼晦暗。

猶如一道耀眼的光劃破籠罩的厚重雲層，筆直照射進她黑暗、不曾出現光明的世界，那道曙光成為指引她勇敢向外跨出第一步的引路燈，不只是救贖，也讓她明白原來自己並不是只能孤單一人，她還是有機會找到屬於自己的一方新天地。

或許這是上天賜給她的禮物也說不定，有一天，當她像往常一樣坐在位子上靜靜看書時，突然有個人帶著紙筆、拉開她前面的椅子坐下來面對她，對方的身影頓時遮去了她的視野，也在瞬間模糊了自己的視線。

我叫黃瑀，妳好。妳介意我用寫的方式和妳聊天嗎？

只是簡單的幾個字，就足以讓她熱淚盈眶。

那一天，隨風起舞的窗簾如翻飛的花兒於空中飛舞，午後的陽光輕輕灑落肩頭，經折射而產生的柔和光暈讓眼前的一切也跟著朦朧了起來、美得讓人發暈，這一切是那麼的不真實、那麼的令人感到意外。

或許，打從心裡她從來沒有相信過自己也能擁有這麼一次與人交談的機會吧，也就是從那一刻起，對方那抹陽光開朗的笑容與淡淡的身影就這樣深深烙印在腦海，永不忘卻。

因為，那是她這輩子見過最美麗、最溫柔的畫面。

一開始彼此只是簡單的問候，對方出自於好奇的發問總讓她覺得很可愛，因此也更加毫不保留地回答對方所有的疑問，原以為會和之前一樣，等到好奇結束後人也會跟著離開，但任誰也沒想到的是在那之後黃瑀就留了下來，再也不曾離去。

「我一直覺得妳的名字很美呢。」當她和黃瑀越來越熟稔時，有一天，對方突然開口對她這麼說。

或許是因為疑惑的表情太過明顯，讓對方只要一眼就能讀出她內心的想法，只見黃瑀輕哂，彎起的眼飽含笑意，那朱紅的唇所吐出的話語猶如一陣柔和的風，輕輕拂過她的心頭，也掃去了她內心曾經有過的陰霾。

「江渚之上，柔光乍現，喚醒天地萬物，這一刻是黎明最美麗的聲音。」

一字一句宛如一首溫柔的歌，緩緩流瀉的同時也偷偷敲響了她的心門，讓她不自覺想回應對方。

是啊，那一直是她最重要的名字呢。

她笑著，總覺得視線似乎在不知不覺中又悄悄模糊了起來，或許是因為從來沒想過這不經意的一句話竟能讓她回憶起諸多往事吧，也很有可能是因為她已經久到快要忘記自己是誰了。

沒有辦法開口說話，總是讓她少了許多可以自我介紹的機會，因為她是特別的，因此導師總習慣在第一時間向大家介紹自己的存在，久而久之下來，已經很久沒有人問過她是誰，而她也漸漸遺忘自己的名字了。

是啊，她叫做江黎音，已經很久沒有人像現在這樣喊過她的名字了。

望著對方的笑顏，說真的，江黎音心裡一直有股難以言喻的悸動，她說不上來那份心情究竟該如何用言語來表達，只知道如果將來有一天，黃瑀要離開這座都市到很遠很遠的地方旅行，或許，她會很想念對方，或許，她會追隨對方的腳步也說不定。

隨著時間推移，經過相處後，江黎音發現黃瑀其實並不如表面上那麼難以親近，或者說，不會給人一股太過耀眼而產生的疏離感。

平日在學校，外型亮麗、個性狂野的黃瑀一直是眾人目光所聚集的對象，猶如一朵冶豔帶刺的玫瑰，雖然偶爾會有被扎得渾身都是傷的可能，但那不做作的美麗與自信卻使得她更吸引人，彷彿只要有她在的地方就會成為全場焦點，閃亮得讓人再也移不開目光。

或許，自己也是被對方的氣質所深深吸引吧。江黎音猜想著，似乎再也找不到更好的理由來說服自己為何會和對方成為朋友。

一靜一動，兩種極端類型的人會聚在一起本來就是個謎，如果這段友誼沒有共同的興趣與話題來維繫，分道揚鑣是早晚的事而已。但神奇的是她和黃瑀之間的緣分就這樣續了下來，每次下課對方總是習慣跑到她附近的位子坐下，拿出紙與筆開始和江黎音聊天。

有時聊今天發生的小趣事，有時聊學校有哪些男同學與男老師的顏值實在高得嚇人，偶爾也會聊一些只有女生之間才會知道的小八卦，彷彿最燦爛的高中歲月都是在黃瑀的陪伴下度過，她發現自己不知不覺擁有了以前曾渴望過的普通生活。

然而，相處的過程並不可能永遠和諧順利，兩人有的時候也會出現一些小摩擦，雖然絕大多數都是些雞毛蒜皮的小事，但卻也考驗著兩人的友情。

明明有好幾次對方可以選擇離開，只要藉著該次爭吵一走了之，就可以澈底免去這段友誼所帶來的負擔與沉重，這麼一來就不需要承擔眾人「背信棄義」的責難了吧。

江黎音如是想著，然而不知道為什麼黃瑀最終還是留了下來，有時當她回想起這件事時，她會沒來由的望著對方的側臉發愣，似乎無法理解對方究竟是在想些什麼。

或許，就連她自己也不是很明白為何要對黃瑀的決定感到如此在意吧。

除了黃瑀，在學校和江黎音感情比較好的還有一個人，那就是班導師劉至翰。

初次於導師辦公室見到對方時，那份涉世未深的稚氣感與靦腆笑容著實讓她感到些許詫異，因為江黎音從沒想過帶領自己班級的導師竟然會如此年輕，而同樣站在身旁的母親也深感震驚，似乎不是很能接受眼前的事實。

其實，母親的質疑她也不是不理解，只不過顛覆世俗認知最需要的往往是時間，在往後的日子裡，她願意試著去相信對方的能力，而非以資歷評斷一個人的能耐。

然而班導年輕歸年輕，卻是個不折不扣的熱血男孩，頗富正義感的他就如同當初在她母親面前所保證的一樣，總是於有意無意間悄悄為江黎音擋下了許多麻煩。這一點，讓她對班導的靜默幫助感到很是感激，也在不知不覺中漸漸產生了信賴與安心。

還記得黃瑀曾經說過，班導在學校是數一數二的萬人迷，風靡全校雌性生物的程度無人能出其右，儼然就是校草等級的搶手貨。當江黎音聽見對方被票選為「最受歡迎與最想吃掉的男性教師」第一名時，她只是微笑繼續聽著黃瑀激動的賽後評論，腦中不自覺浮現對方那靦腆的笑容。

說真的，她並不意外這樣的結果，因為班導確實是名做事認真、待人親切的好老師，如果有人問她就學期間最喜歡的老師是誰，或許，她會不假思索地直接回答班導的名字也不一定。

因此，當江黎音對黃瑀的決定感到困惑時，始終無法釐清思緒的她最後還是忍不住向劉至翰提出自己內心的疑問，希望對方能幫助她找到答案。

就如往常一樣，等了解她藏於心中已久的疑問是什麼後，劉至翰彷彿對待小孩子般笑笑的摸了摸江黎音的頭，要她別想太多、放寬心面對就好。

因為，那些都是黃瑪的決定。

「妳交到了一個很棒的朋友呢。」當時，班導是這麼對她說的。

看著對方那雙飽含笑意的眼，雖然江黎音當下不是很理解對方的意思，不過似懂非懂的她還是默默將這句話記下，等到日後她回想起這件事時，江黎音才發覺原來班導早在很久以前就比她們早一步發現這個事實，只是她們一直沒察覺而已。

那份情感，是只屬於兩人的特殊羈絆。

或許與自己天生的缺陷有關，江黎音從小便很少與人互動，除了自身限制外，其實有部分源自於人們得知她缺陷時的訝異目光，這些看似無傷大雅的小舉動都深深強化了那份不自在感，因此除了閱讀外，真正能夠讓她感到自在且放鬆的活動莫過於游泳了。

像條自由自在的小魚於水裡恣意優游，江黎音的動作總是輕柔得讓人難以想像，每一次的打水與換氣彷彿與生俱來的本能，那莫名親切的熟悉感使她的學習力大幅躍進，在一次又一次的游泳比賽中屢獲佳績，而那燦爛笑顏似乎只有置身於這美麗世界時才得以永恆綻放，不再因自身缺憾而有所設限。

升上高中後，由於喜歡游泳的緣故，在眾多社團中江黎音加入了游泳社，雖然學校並不強迫學生一定要參加社團，但她還是秉著自己的興趣，毅然決然成為社團的一份子。因為這份興趣，她陰錯陽差地成為校隊選手，長年訓練下的精湛泳技更讓她為學校爭取了不少榮耀，這些都是她始料未及的發展。

就如同她會與黃瑀相遇且成為朋友是多麼的令人感到不可思議。

江黎音有個小習慣，那就是放學後她會留下來一個人到泳池練習，游泳社的成員們知道後，總忍不住笑著說又到了人魚回到大海的時間了，並且提醒她別忘了自身安全；而黃瑀一向很支持她所做的任何一個決定，長時間下來，對方頂多偶爾會忍不住趴在桌上、笑著調侃何時才能給自己一次一起放學回家的機會。

然而，江黎音之所以會選擇放學後留下來練習，並不是為了增強自己的泳技，純粹只是因為她喜歡一個人待在水裡時優游自在的那份愜意感，彷彿只有讓自己化身為人魚，才得以於靜謐的世界享受這份只屬於自己的寧靜。

其實，她還有一個小祕密沒告訴任何人，而這也是她堅持每日放學後必到泳池報到的真正主因。

當江黎音像往常一樣潛入水中恣意徜徉時，幾乎每到了同個時間，體育館外頭就會傳來一陣輕靈的歌聲，如飄絮般透過窗子縫隙悄悄游進她的心。猶如春寒料峭中唯一盛開的花，那好似穿破冰層、於湖面上曳然而生的純淨嗓音，總是能細膩地觸動彼此心弦，這讓每一次浮出水面的江黎音都忍不住側耳傾聽，身體也在不知不覺中跟著音樂旋律輕輕划出只屬於它的節拍。

當她赤裸的雙足划開冰冷的水層時，靜寂的空間往往只會出現寂寞的水花與無聲的歌，然而不知從何時開始，那撫慰人心的聲音竟陪伴她度過無數的歲月，等到有一天她回首過往時，這才發現原來對方早已於她的生命中佔了一席重要的位置。

有的時候，趴在池畔邊的她會一邊歪著頭、靜靜聆聽那特別的歌聲，一邊偷偷猜想究竟是怎樣的一個人竟能擁有如此美麗的歌喉。江黎音雖然對歌聲的主人感到好奇，然而她並不曾想過要去揭開對方的真面目，反而在對方不知情的情況下成了對方最忠實的聽眾。

江黎音不能說話，也無法唱歌，但是，他是唯一一個讓她湧現想開口跟著一起唱的想法的人。

時光總是流逝得特別快，才一眨眼的時間而已，不知不覺高中生活已經過了一半。面對接下來所剩無幾的高中生涯，大多數同學已開始思考未來的規劃，或者靜下心提早準備即將到來的大考。

對於自己的目標與抉擇，其實江黎音早在很久以前就有過些許想法，然而她只敢將這個小小夢想偷偷藏於心底，始終不敢告訴任何人。

夢想嘛，就因為是場遙不可及的美夢，所以也只能當作最美麗的想像，一旦這場夢「啪」的一聲被現實所打斷，夢消失的同時人們也該清醒好好面對現實生活了。

她已經過了能夠像孩童那般毫無畏懼、勇敢大聲說出自己未來志願的年紀了，現實的考量讓人們失去了小時候的勇氣，雖然有些人仍願意將夢想化為實際，甚至進一步去追尋自己的美夢，但江黎音很清楚自己並沒有足以放手一搏、跨越界線的能耐。

那樣的夢如果說出來，會不會被人視為不切實際呢？她默默想著，其實也不確定自己的想法究竟正不正確。

或許，那道無法跨越的藩籬始終源自她的心，以及那份難以言喻的心情吧。

然而當她陷入迷惘時，總會有那麼一個人成為她的引路燈，帶領她走出被禁錮的心靈世界。

「黎音，妳想好以後要做什麼了嗎？」當她們像往常一樣坐在學校頂樓吃午餐時，黃瑀突然提出這個問題，讓江黎音不由得愣了一下。

每到了中午用餐時間，江黎音和黃瑀總會像現在這樣一同來到頂樓用餐，頂樓是黃瑀發現的新天地，或許是因為很少學生知道學校頂樓沒人看守的關係，這裡成了繼圖書館後第二安靜的地方。

不會有任何煩雜的喧囂，也不會有學生的嬉笑打鬧，靜靜聽著微風從遠方捎來的信息，放眼望去周遭的景色是如此壯闊與新奇，這對喜歡寧靜的江黎音來說，是再愜意且舒適不過的地方了。

平時她與黃瑀都是以書寫對話，唯有到了午餐時間，她會選擇將紙筆收起、坐在黃瑀隔壁靜靜聆聽對方說話的聲音。黃瑀的聲音其實很好聽，略帶低沉的嗓音與抑揚頓挫的語調讓她很喜歡聽對方說話，即便當下只能點頭做回應，黃瑀和她還是能有說不完的話題。

「未來有機會的話，我想要創一個屬於自己的品牌，然後在國際上發光發熱！聽起來很有挑戰性吧？」當時，黃瑀是笑著對她這麼說的。

「雖然輔導老師看到我寫的志願時跟我說這是很棒的夢想，但我看得出來她其實皺了一下眉頭，大概覺得這個理想太大、太難實現了吧。」

黃瑀起身走向前，雙手靠在欄杆上望向遠方，一望無際的城市霎時盡收眼底。「夢想這種東西本來就是種挑戰，就是因為不可能的機率太高才更能顯示它對當事者的價值，要是一開始就把標準降低，那麼我們大概就只能創造標準或者標準以下的奇蹟吧。

「我本來就是個狂妄的傢伙，雖然看清現實努力賺錢生活才是現世普遍的價值觀，但這樣的人生太無趣了，如果連能讓自己開心作夢的機會都消失，那麼我寧可一切打掉重練，至少這樣我還活得比較快樂。」

黃瑀伸了一個舒服的懶腰，隨即轉身看向江黎音，對方的笑容就如同記憶中那般燦爛且耀眼，總是那麼的有自信。

「黎音，不管妳的夢想是什麼，我們都要一起加油喔，到時妳一定要等我凱旋歸來，我會把我的所見所聞通通說給妳聽。」

果然一如既往的狂妄呢。她垂下眼眸，輕輕笑著，因糾結而扳弄不已的手指終於鬆了開來。所謂的朋友究竟是什麼呢？大概就是當你將一個看似不切實際的夢想說出來時，對方不但不會把這當成笑話來看，甚至還能為彼此的夢加油打氣吧。

我們啊，都擁有一個遠大的目標呢。

她笑著，摸了摸口袋中那早已揉成一團的志願表，上頭寫著「成為揚名國際的游泳國手」，而這張志願表她終於有勇氣交出去了。

或許是因為黃瑀的一句話，讓江黎音從此對自己的夢想不再產生質疑，如果說先前的恐懼來自於自己的怯懦，那麼現在她已經沒有理由去恐懼了吧，因為不管她做出什麼決定，都還有黃瑀陪伴在身邊不是嗎？

她們兩個都同樣擁有一個狂妄的夢想，因此在實現夢想的這條道路上，她並非踽踽獨行，也並不孤單呢。

不知不覺中，黃瑀成了江黎音出現迷惘時相互扶持的好夥伴，兩人之間的情誼也在歷經摩擦後越來越堅定，如果說有什麼是江黎音求學生涯中值得提起的人事物，她第一個想到的或許是黃瑀也不一定。

因為，黃瑀是她生命中最重要、也是最特別的人。

原本以為這樣的日子會持續下去，然而直到某一天，有個人的行動倏忽打破了這樣美麗的平衡，猶如在平靜的水面投下一顆小石子，蕩起的漣漪從此模糊了彼此的眼。

以及，那份再也回不去的單純。

啊，她想起來了呢。江黎音睜開眼，輕輕落於掌心的微小氣泡折射出五顏六色的琉璃彩光，好比那段璀璨美麗的日子，讓她不由得笑了出來。

就是那一天吧，約定的日子。她再度閉上雙眼，以環膝之姿輕輕擁抱著屬於自己的珍貴回憶，最後於嘴角揚起的，是一抹溫柔的微笑。

她記得那一天是她的生日，午休時班導不知道為什麼突然來教室找她，說是有話要對她說，請她出來一下。

那時候江黎音有些困惑，究竟有什麼事必須在午休時間約出來談呢？而且，當時班導的神情難得看起來如此嚴肅，那一反平日嬉笑的模樣讓她心裡多多少少增添了幾分介意，不禁開始思索自己是不是在不知情的情況下間接造成對方的困擾，因此才會讓班導覺得難以啟齒。

儘管如此，她還是懷著心中的納悶，慢慢跟在劉至翰後頭一步一步向前行，那不快不慢的步伐彷彿刻意配合著自己的節奏，於大理石地面踩踏的鞋子不約而同發出答答的聲響，在寂靜的午休時光中悄悄蕩成一首無人知曉的歌。

蟬聲唧唧，周圍一片靜謐，帶點暑氣的薰風輕輕拂過於空中飛舞的窗簾，以及，教室裡傳來的鼾聲與彼此均勻的呼吸。在那片呢喃中，據說走廊正在打盹，而慵懶的灰塵只好開始思考人生。

望著對方挺拔高大的背影，不知道為什麼，江黎音總覺得那被金色陽光灑落的身影看起來既朦朧又美麗，彷彿只要她一出聲，隨後映入眼簾的便是對方轉過身來的燦爛笑顏。

就跟黃瑪笑起來一樣耀眼且動人呢。她如是想著，漸漸於嘴角漾出一絲笑意。

「黎音，有件事我考慮了很久，不管這樣的決定對不對，我還是想要告訴妳，否則以後恐怕就沒機會了。」

劉至翰的聲音將她的思緒拉回現實，猛一回神，這才發現他們已經來到了操場旁的樹蔭下，陽光穿過樹葉縫隙在地上形成不一樣的小光點，沙沙的聲響於身旁奏出一首只有兩人聽得見的交響樂，不禁讓人感受出這是個舒適、愜意的午後。

劉至翰轉過身來，有著靦腆笑容的他此時看來似乎有些緊張，擺於身後的雙手不安地糾結在一塊，有好幾次他一直不敢注視江黎音的雙眼，直到最後才像是鼓起勇氣般終於迎上對方的視線。

「那、那個……其實，我一直很喜歡妳。」

喜歡？她也很喜歡老師啊。江黎音愣愣地望著眼前的人，黑白分明的大眼多了幾分困惑，似乎不太明白劉至翰怎麼會突然跟她說這些。

……難道說，她有做了什麼讓老師誤會自己很討厭他的事？江黎音如是想著，沒有注意到劉至翰因為她的反應而陷入惶恐與焦慮。

見江黎音一時之間沒有聽懂他的意思，他的呼吸不由得急促了起來，他努力強自鎮定，雙頰和耳朵尖卻出現藏不住的嫣紅。「不是老師和學生之間的喜歡，是……愛情的那種喜歡。」

詫異之餘，江黎音看見了劉至翰眼底的羞怯與堅定，也許是因為江黎音的表情沒有出現太大的變化，也或許是因為察覺到自己魯莽的行為可能會造成反效果，他隨後慌張地擺了擺手，深怕對方被他的舉動嚇跑了。

「我……我知道這樣子妳可能會覺得很困擾，但是妳放心我絕對沒有要妳立刻回應我的意思，就算妳想拒絕我也沒關係，我們還是可以像以前一樣繼續當朋友。

「今天放學後我會在社團教室等妳，不管妳願不願意接受我的心意，我都希望妳能告訴我妳的決定，因為我真的很喜歡妳，我會一直等到妳來的。」

最後，他露出一抹羞澀的微笑。「如果妳願意給我一個答案。」

那時候，不絕於耳的蟬鳴在耳際迴盪，枝條上的葉隨風舞落，就好比那一串串五、六月迎風綻放的黃金雨悄悄飄落，她永遠不曉得這般景緻在很久很久以後依然深烙於對方腦海，永不忘卻，在漫長的歲月裡化成無可抑止的等待與思念。

回到教室後，不知道是不是江黎音的錯覺，她總覺得自從午休時間結束後黃瑀似乎變得有些奇怪，接連幾堂課下來她發現對方一直心不在焉，就連老師點人時黃瑀也沒任何反應，最後還是坐在後方的同學用力搖了對方的椅子幾下後才澈底回過神來。

妳還好嗎？

目睹黃瑀的狀況後，江黎音趁台上老師不注意時偷偷傳了張紙條給對方。

我沒事，妳別擔心。

黃瑀沒有轉頭看她，只是託人回傳了紙條，雖然上頭只有寥寥幾個字，但江黎音感覺得出來黃瑀一直試圖給自己打一劑強心針。

只不過，這並不能完全消除對方的疑慮及擔憂，因為黃瑀如此不對勁的模樣江黎音是頭一次看見，實在很難讓人相信真的沒事。

既然如此，那她該繼續追問下去嗎？一想到這裡，江黎音不禁搖了搖頭，將浮上心頭的想法壓抑下去。

或許，她應該耐著性子等對方主動開口比較合適。

放學後我在體育館的游泳池等妳，我有話要對妳說。

下課前，黃瑀突然又傳了張紙條過來，上頭的字跡一如既往的豪放，看起來已經沒了先前那般怪異及不自在感，她將紙條夾在書本的最後一頁，開始猜想黃瑀葫蘆裡究竟賣了什麼藥，竟然如此神祕。

原本她想趁著下課時間直接詢問對方發生了什麼事，結果出乎意料的是下課鐘聲一響，當她起身準備走向黃瑀的位子時，彷彿刻意迴避江黎音的目光，也或許是出自於下意識反應，黃瑀突然一反常態跟著一群女生嘻嘻哈哈離開教室，完全不給江黎音任何詢問的機會。

原本以為這只是單純的湊巧罷了，然而接下來的下課時間黃瑀根本沒有看江黎音一眼，只要鐘聲一打，她就會和其他人有說有笑地走出教室，在不知不覺的情況下，一切似乎又回到了最初的起點。

那時候，江黎音和黃瑀是兩條永不相交的平行線。

兩個人的世界註定不會有任何交集。

黃瑀究竟怎麼了？

望著對方離去的身影，那股潛藏於影子底下的不安與不曾有過的情緒開始悄悄滋長、蔓延，不曉得為什麼，江黎音突然感覺到胸口被一種苦澀與難以言喻的複雜心情所充塞，像是有什麼東西不斷往下疊壓讓她覺得難以呼吸，似乎快要喘不過氣來。

她曾經想過，假如有一天黃瑀開始疏離自己，那她有沒有可能感到難過呢？那時候江黎音沒有多想，只是告訴自己每個人都只是生命中的過客，選擇留下或者離開她無從決定，只要好好珍惜彼此相處的時光，就算對方有一天真的離開那她也無憾了。

然而，她一直以為自己早做好了心理準備，殊不知到頭來自己並沒有想像中要來得豁達。

江黎音不明白，明明自己早該對人生的聚散感到習以為常才對，為何她還會感到如此難受呢？

她苦澀地笑著，搖了搖頭後決定將這份心情拋卻，因為她明白自己要是再不懂得調適，那麼以後想必就無法以正常心來面對黃瑀了。

懷著這般複雜的心情，不知不覺已來到放學時間，黃瑀在前一堂課中舉手向老師說要去保健室後就再也沒回來過了，原本江黎音想說是否要先繞到保健室瞧瞧，但猶豫了一會兒後她最終還是往體育館的方向前進。

黃瑀會不會已經在那裡等她了呢？她如是想著，步伐卻出乎意料地來得沉重，或許在那裡等著她的將會是自己難以承受的真相，即便如此，她仍決定不再逃避、還是想把自己內心的感受告訴對方。

畢竟，有些事假如現在不去做，那麼以後恐怕就沒機會了。

因為黃瑀是她這輩子最重要的朋友。

來到走廊交叉口時，不知道為什麼江黎音的腦海突然浮現某個人的身影，她停下腳步看向左手邊坐落於走廊盡頭的導師辦公室，那裡曾經是她最熟悉的去處，而對方那靦腆的笑與充滿企盼的眼不禁讓她回想起一件事，午休時劉至翰對自己所說的話言猶在耳，讓江黎音的思緒逐漸飄向遠方。

——「我會一直等到妳來的。」

彷彿物換星移下也不曾改變的承諾，江黎音有一瞬間突然明白那藏於眼底的羞怯與企盼是什麼樣的心情了，她如薄翼般的眼睫毛輕顫，隨後輕輕覆下，似乎正仔細聆聽那藏於風中的呢喃。

等待就好比喝了一杯水，你不知道該用多久的時間才能將它熬成溫熱的淚，因為明白這很有可能是一段沒有結果的感情，所以才會試著讓自己相信、讓自己用時間來換取畢生唯一一次的機會。

如今她明白了，就算結果到最後並不如意，但只要自己願意跨出第一步將心意傳達給對方，那麼事後回想起來也就不會有任何遺憾與後悔了吧。

因為若不選擇開口，那麼這份心情多年後依然會懸在心口，悄悄化成記憶裡一道看不見的疤，就算時間能撫平一切，每當憶及時依然能感受到它的存在。

那份曾經有過的悸動，以及，難以言喻的缺憾。

班導就是抱著這樣的覺悟才開口的吧。輕輕按著於胸口流淌的一絲暖意，江黎音緩緩睜開眼，已經明白自己該怎麼做了。

她加快自己的步伐，甚至漸漸地跑了起來，她想趕快到體育館見黃瑀，但是她又不忍心讓劉至翰一人獨自待在社團教室等待時間流逝，所以她決定先去找黃瑀請對方先等自己一下，只要她先將事情處理完畢，那麼接下來她就有好多好多的時間能告訴黃瑀她的心情了。

對，就這麼做吧。江黎音嘴角不自覺上揚，腳步也在不知不覺中快了起來，當體育館一隅映入眼簾時，她第一次感覺到自己有多麼想盡快見到對方。

她無法回應老師的心意，但她很高興有人願意以無私的愛喜歡著她，要將這份愛釐清且說出口需要付出多大的勇氣呢？或許她是明白的，所以也格外珍惜。

跨入大門的那一瞬間，江黎音聞到了熟悉的潮溼與黏膩，散布於空氣中的鞋子答答聲將靜寂揉碎，最後急奔的步伐在轉角處劃出一聲長長的咿呀。

黃瑀。

彷彿早已等待多時，她認出了蹲在泳池池畔的少女正是黃瑀本人沒錯，當對方目光一觸及到她並且站起來的同時，因方才奔跑而微微喘息的江黎音也跟著停下腳步，彼此對望。

第一次，兩人之間的距離看起來是如此的近，也如此的遙遠。

糟了，忘記帶紙筆過來了。

猛然想起平日隨身攜帶的物品在這重要時刻竟然沒有帶在身上，江黎音不禁感到有些懊惱，因為這麼一來她就無法向黃瑀說出一切緣由了。她焦慮地看了看手錶的時間，總覺得這樣下去不是辦法，她要怎麼做才能讓對方理解自己的意思呢？

還是說，她應該先二話不說直接跑回教室拿紙筆，其餘的事等一下再跟對方解釋？

時間悄悄在兩人的靜默中溜走，或許是因為彼此默不作聲無法解決任何事，也或許是因為對方正等著江黎音的呼吸能平順些，過了好一陣子，始終低著頭的黃瑀率先開口打破沉默。

「黎音，妳知道今天是什麼日子嗎？」

第一次，江黎音聽見對方壓抑的聲音裡夾雜了少許憤怒。

以及，不知從何而來的絕望。

黃瑀抬起頭來，嘴角倔強地扯出一抹上揚的弧度，看起來格外蒼涼與諷刺。「今天不只是妳的生日，妳知道嗎？不過我猜妳可能沒注意到吧，有的時候我會懷疑這一切是不是都只是我一廂情願的想法而已，如今看來果然是我想太多了吧。」

黃瑀的眼逐漸蒙上一層水霧，兩眼卻還是直勾勾地望著對方，就如同自身向來不肯輕易低頭的那份狂傲與執拗，此刻看來似乎還多了那麼一點固執。

這讓江黎音感到相當錯愕，因為她不明白黃瑀為何會突然這麼說，也不清楚究竟是什麼帶給對方如此大的轉變，一時慌了手腳的她連忙上前伸出手想拭去黃瑀眼角即將落下的淚，卻被對方用手撥開。

「罷了，反正妳也不在乎，如果妳心裡只有劉至翰那麼妳就快去吧，我不會攔妳的。」

黃瑀邁開步伐準備離去，經過江黎音身邊時，她突然將對方朝著泳池的方向用力推了一下，面對這突如其來的舉動，江黎音還來不及反應便直接往後方倒去，緊接著水面傳來一聲撲通巨響並濺起白色水花，而黃瑀則是頭也不回的離去。

「生日快樂，也祝妳和劉至翰兩人都能幸福。」

不是！事情不是這樣子的！

江黎音在心裡不斷吶喊，載浮載沉的她只能透過眼角餘光瞥見黃瑀逐漸遠去的背影，以及對方緊握成拳的左手似乎藏著什麼東西，她試圖讓自己冷靜下來，打算藉由一次蹬地的機會讓自己浮出水面，不料卻在作用力與反作用力形成前她感覺到左小腿突然一陣抽痛——

糟了！是抽筋！

一時鬆懈的她手臂下意識環抱住自己的左腿，而這個動作卻也讓刺鼻的池水頓時嗆入鼻中，小腿傳來的隱隱刺痛讓江黎音下意識掙扎了幾秒，於水面上揮舞的手卻怎樣也抓不住任何東西。

多年來的經驗猶如閃爍紅燈的緊急訊號，拼了命告訴自己現階段必須採取自救、否則就真的來不及了，然而在這刻不容緩的局勢中，她感覺到腦海似乎閃過諸多畫面，那短短的幾秒鐘有一瞬間竟讓她覺得眼角嗆出來的淚並非無助，而是割捨不下的那份情愛。

母親溫暖的擁抱、甫認識的幼稚園老師溫柔牽著她的小手離開園長辦公室、同學們嘻嘻哈哈伸出小手搶著幫她拿書包的有趣畫面、出自於一片真心而出聲制止惡劣行徑的小小幫助……

好多好多讓她打從心底無法忘記的身影再次浮現腦海，然而有更多的記憶與畫面卻始終停留在最好的朋友黃瑀以及班導師劉至翰身上，如果說擱淺於記憶沙灘上的情感是人生中唯一的小小缺憾，那麼她究竟有沒有機會將自己的心情說給對方聽呢？

體內的氧氣似乎早已消耗殆盡，腿部傳來的抽痛伴隨即將面臨的窒息帶來了最深沉的絕望，江黎音明白自己已經撐不到下次換氣的機會了，但是她感覺不到心中有半點恨意，她猜想自己到頭來內心佔據最多的其實還是遺憾吧。

說真的，這樣的結果怨不得他人，因為是自己的遲疑錯過了最後黃金救援的時間，假如一切能重來，或許她也不見得能脫離這三米深的泳池吧。

抱持著這樣的想法，江黎音緩緩往泳池底部沉淪，當她仰頭看向上方水面的波光粼粼時，那穿透體育館玻璃窗子的恍惚光線折射出一股朦朧、氤氳的美感，看起來是那麼的不真實、美得令人發暈，這些讓她不自覺想起那足以撼動人心的輕靈歌聲，不知道為什麼今天卻沒有從體育館外傳進來。

那歌聲的主人生病了嗎？還是臨時有事缺席了呢？江黎音不禁猜想著，覺得思緒與身子似乎開始悄悄分離，逐漸輕盈了起來。

如果還有機會，真想再聽一次那聲音呢。

她如是想著，最後沉眠於深洋，不再醒來。

等到江黎音再次睜開眼時，她發現周遭盡是冰冷的池水，她聽不見任何聲音，也沒有人能看得見她，而自己則是成了童話故事裡的人魚，終生離不開這充滿禁錮的世界，只有孤獨與靜寂相伴。

看著學校大刀闊斧將三米深的泳池改建成兩米。

看著獨自一人前來泳池卻因看見她而嚇得逃跑的學生的背影。

看著來上游泳課的學生們戰戰兢兢地站在池畔卻怎樣也不敢下水。

日復一日，年復一年，她始終沒有聽見那朝思暮想的歌聲，也沒再見過她最鍾愛的人們。

然後她發現，原來自己意外成了恐怖怪談的一分子。

或許，這樣的結果也不賴呢。江黎音笑著，手臂環膝靜靜坐於泳池底部，仔細聆聽水流動的聲音。

隨著時間緩緩流逝，漸漸地她似乎開始遺忘了一些事情，她不知道自己為何會待在這裡，也不明白究竟該怎樣才能離去，江黎音只曉得自己內心是矛盾的，渴望離開的同時卻又對留下感到困惑，彷彿有什麼正阻止自己產生離去的念頭。

究竟是什麼樣的執念才能令人如此呢？江黎音的迷惘始終沒有獲得任何解答，就如同漫長的等待並不能抹去歲月試圖撫平的痕跡，總會有那麼些重要的人事物深刻烙印在生命骨子裡，只是一時之間想不起來而已。

然而直到某一天——

她突然明白，並不是所有的愛與缺憾都能達成平衡。

其實，她一直都知道那天是什麼日子哦。

落於掌心的氣泡彷彿正回應著她的期望，開始散發出柔和耀眼的金色光線，江黎音覺得自己似乎能感受到那溫暖的溫度正從四面八方擴散開來，觸手可及的不再只是冰冷，腦中潛藏的記憶也逐漸鮮明了起來。

那一天，其實是兩人初次搭話的日子吧。

小小氣泡從上空落下，悄悄幻化成諸多美麗細泡，猶如細小的水流緩緩注入，周圍一切不再如先前那般晦暗，似乎也跟著明亮起來。

無以為繼的愛，究竟該怎麼做才能如願割捨呢？

滴答、滴答。

滴答、滴答。

虛空傳來的滴答聲悄悄模糊了她內心的聲音，江黎音抬頭，透著一片光亮的水層似乎能看見那美麗的光暈正向自己招手，不知道為什麼她心裡忽然湧起想離開的念頭，而這以往認為遙不可及的夢在此刻卻顯得越發真實，彷彿只要她如此想著，那麼願望便能如願以償。

滴答、滴答。

滴答、滴答。

突然，一聲撲通巨響澈底掩蓋了不曾間斷的滴答聲，大量的白色泡沫在眼前迅速化成一片紊亂雙眸的飛花，待眼前情景消逝的那一剎那，她彷彿看見自己布滿錯愕的眼多了一份不可置信。

挑染成亮紫色的髮絲於水中蕩漾，細碎的髮的末稍輕輕掃過她蒼白的手指，彷彿觸電般的麻痺感透過指尖傳遞，有一瞬間腦海似乎有什麼畫面掠過。

有些時候，我們總覺得自己對某些人事物特別執著，然而等到彼此真正碰了面時，這才發覺內心其實難得平靜。

有很多人、很多事，在決定訴諸言語的當下，都已經匯聚成記憶中的那條河，不再湍急的水靜靜流成一首午後蟬聲中唧唧呢喃的歌，不再有任何悲傷，也不會有任何情緒起伏，見了面後就只是淡淡問了句「這些年妳過得好嗎？」，雖簡單卻也道盡無限情思。

黃瑀。

像極盡所有力氣而發出的沙啞聲響，欲從喉頭湧出的字句滾動著所有情緒，如果說自己眼裡布滿的是驚愕，那麼對方看見自己時內心湧現的情緒又會是什麼呢？

彷彿過了一世紀的時間那麼長，在彼此視線交錯的那一剎那，她看見黃瑀的眼除了驚訝外，有更多的是懊悔、歉意……

以及，難以察覺的思念。

從那一刻起，江黎音忽然都懂了，並不是所有的人情感會隨著時間逐漸淡去，歲月能夠消磨一切，卻也能使那份愛從此停駐，甚至在不知不覺中學會等待、學會傾聽。學會如何在失去對方後延續生命的愛與真諦。

妳從來都不下水的。江黎音嘴角扯出一抹笑，在黃瑀面前這笑容卻顯得有些破碎，彷彿即將跌入悲傷的漩渦。

其實她是知道的，也明白體育課時從來不下水的黃瑀出現在這裡的真正原因，黃瑀明明就不會游泳，甚至對水有著異樣的恐懼，究竟是什麼樣的動力與決心才會驅使對方選擇鼓起莫大勇氣奮身一躍、在無法掌握的領域慢性折磨自己呢？

是死亡吧。江黎音指尖輕輕撩起對方耳鬢的髮絲，彷彿早已讀出眼前人兒的心思。

很多時候，堅決的死意可以讓人選擇投向死亡的懷抱，卻也能讓人在那一天到來前創造無與倫比的奇蹟。

黃瑀，妳果然完成當年的夢想了呢。她笑著，摸著對方的臉的她發自內心的微笑，拂去對方眼角的淚水。

對不起。她聽見黃瑀這麼說著。

沒關係，我從來沒有怪過妳。江黎音輕靠著對方的額頭，閉上雙眼的她緊緊抱住黃瑀，隨後卻鬆開手，微笑搖頭將對方往上方推去。

Eros所代表的是最熾熱的深愛，謝謝妳到了我最嚮往的國家，也謝謝妳，一併完成了我們當初說好的約定。

一樣的場景、一樣的思念在多少午夜夢迴的日子裡燃燒成輾轉反側的熱淚，黃瑀從沒想過這輩子竟然還能再看見自己日日夜夜最想見的那個人，而她也不敢想像當兩人碰面時自己開口的第一句話會是什麼，要是對方和劉至翰一樣恨著自己，那麼懷抱著愧疚將不屬於自己的一切還給對方是否才算是真正獲得救贖呢？

她努力朝江黎音的方向伸出手，眼前的一切卻逐漸模糊了起來。

即使過了這麼多年，原來她最想聽見的其實不過是對方的一句原諒而已。有太多太多的壓力與情感承載在多少個夜裡潰底潰堤，每一次的咬牙苦撐都是為了今日的終結所做的準備，她從來沒想過她的贖罪會迎來對方的感謝，甚至是原諒。

如果說對江黎音的虧欠一直是自己活著的主要動力，那麼現在，她還能像往常一樣為了對方而努力活下去嗎？

快回去吧。明明知道江黎音不可能說話，但她確實讀出了對方的唇語。

還有許多愛著妳的人正等著妳回去，別讓他們擔心了。江黎音的笑容始終如記憶中那般美麗，彷彿在那恬靜的世界裡，她的時間早已停駐於永恆的年輕歲月，在高中的那一年，連同純淨的心一起被留存下來。

連同我的份努力活下去吧。

像是最後分別所遺留的暗語，黃瑀看見那雙真摯的眼似乎多了幾分笑意，這讓她再也無法克制自己的情緒，說什麼也無法接受得再一次與對方分開的事實。

如果妳不在了，那我要怎麼繼續活下去？黃瑀哽咽，朝江黎音方向伸出的手努力將彼此距離拉近，眼看就快要碰觸到對方——

一雙白皙的手陡然伸入水面下，緊接著抓住黃瑀的手臂試圖將對方提出水面，就在兩人即將分離之際，江黎音突然往前伸手、握住了黃瑀戴在脖子上的懷錶型墜飾，只是輕輕一拉，鍊子就這樣斷成了兩截。

當年的禮物，我收下了。

她望著黃瑀，然後低頭看了看手中的項鍊，打開的懷錶墜飾裡放了一張相片，那是高中時兩人穿著校服一起嬉笑打鬧的合照，那模樣看起來是多麼青澀、多麼單純，讓人眼眶不由得溫熱起來。

謝謝妳帶給我的那段時光，我真的很快樂，也很開心。

如果有來世，我希望能再和妳一起，活過春暖花開的日子。

她的笑容逐漸模糊了起來，直到對方完全消失在自己眼前後，她感覺自己的眼角似乎多了些無法遏止的思念，最後禁不住承載隨著地心引力滑落，江黎音緊抱著這唯一與黃瑀有最後一絲關聯的物品，悄悄落淚。

每個人終究得學會讓自己前進，就算再捨不得，也得試著讓自己慢慢成長、慢慢放下，這世上並沒有什麼非誰不可的事，唯有選擇勇敢放手，才能讓自己真正自由。

而她唯一能夠做的，是推黃瑀一把。

只有這麼做，黃瑀才能獲得真正的自由。

那才是她最想看見的結局。

一道光芒自掌中緊握的墜鍊迸現，耀眼美麗的金色光線此刻溫柔得讓人想哭，不曾間斷的滴答聲再次傳入耳中，像是什麼即將到來的預兆，她感覺自己的身體似乎也跟著逐漸朦朧了起來。

滴答、滴答。

滴答、滴答。

她仰望上頭那片波光粼粼的水層，彷彿再次回到了時間永恆停駐的那一天，突然她看見一名少女從上方落下，待大量白色泡沫散去，她這才認清楚眼前的人物究竟是誰。

原來是妳啊。江黎音笑著，眼神和先前一樣平靜，然而下方的水層卻和自身所在之處的光明有著截然不同的對比。

別過來，妳會受傷的。

彷彿無聲的語言，此刻葉季玲看見的是對方那抹悲傷而溫柔的笑，那股若有似無的飄渺感依舊如先前腦海中那般印象深刻，唯一不一樣的改變是江黎音的頭髮似乎又變得更長了些，悄悄於身後漫成如網般的美麗畫面。

那如網般的黑色絲線蔓延至下方永無止境的水層，在黑暗中交織成一片神祕卻難以言喻的陰鬱，彷彿最深沉的哀傷早已將自身禁錮於這永不見天日的池底，再也無法解脫。

這些哀傷，妳碰不得的。

修長的髮絲隨著水流輕輕擺盪，有意無意地避開葉季玲，似乎不希望對方碰觸到，然而幽暗的水域與江黎音周遭的光亮形成了強烈對比，宛如訴說著自身永遠無法釐清的矛盾。

究竟是想離開，還是留下呢？緊握著手中的鍊墜，江黎音仰望，從上頭落下的光線此刻看來格外朦朧、美得讓人發暈。

或許，真正的答案就連她也不清楚吧。她輕輕闔上雙眼，仔細聆聽那從虛空中傳來的滴答聲，開始細數起自己逐漸拼湊完成的記憶拼圖。

就這樣永恆沉眠於深洋，似乎也不錯呢……

哪裡不錯了？這才不是妳真正的願望！快想起來妳真正的想法啊！

像是無法抑止的怒吼，一聲響徹雲霄的憤怒瞬間貫穿天際，衝破了江黎音即將陷落的悲傷世界的藩籬，以無聲抗議之姿直接傳遞進對方心底，讓感受到來者怒不可遏情緒的江黎音不禁愣了一下，驚訝地看著直往自己方向游過來的人兒臉上那生氣的表情。

妳要黃瑀學姊學會前進，但妳卻選擇原地踏步，這一點都不公平！

壓下心中那份高漲的情緒，葉季玲自掌中抽出那條泛著熠熠紅光的紅色絲線，像是回應遠方的無聲呼喚，奪目的紅色光芒此刻看來多了一份不真實感，她努力往江黎音的方向前進，長長絲線的另一端自水中盪出優美的弧度。

妳所給予的自由，並不是真正的自由啊。

突然，一股強大的水流毫無預警向葉季玲襲來，猶如水龍捲般的速度硬生生阻擋了她的去路，強勁流水於周遭形成一個又一個的小型漩渦，似乎有什麼力量企圖阻止對方前進。

滴答、滴答。

滴答、滴答。

那不容忽視的聲響驀地自耳邊放大，自身意識頓時被抽離，彷彿與所處世界澈底隔開，除了能夠感受到水流迎面而來的強烈衝擊外，葉季玲同時也感覺到周圍時間的流動似乎逐漸變慢，緩慢到她只能聽見那唯一清晰的滴答聲迴響成一片孤寂。

該死！就只差那麼一點點了啊——

眼看肺中僅存的一絲氧氣即將用罄，著急的葉季玲當下只是一個閃神便不小心嗆進了好幾口池水，她努力瞇著眼伸手試圖接近江黎音，卻在好不容易來到對方面前時，看見江黎音的髮如黑色絲線般悄悄纏住對方的腳踝。

——**「時間快到了。」**

一個冰冷機械般的模糊聲音陡然自心底浮現，讓葉季玲沒來由感到心頭一驚，明明先前還是源自於江黎音本身的美麗長髮，此刻看來卻猶如從地獄爬出的猙獰惡鬼，正張開它的血盆大口向葉季玲進行威嚇，打算將來者拖回地獄深處。

——**「放棄吧，妳什麼都改變不了。」**

那詭異的聲音再次衝擊耳膜，讓葉季玲感到頭痛欲裂，腦中似乎有什麼東西即將炸開。

——**「就算成功幫助了別人那又如何，想想妳付出了多少心力與時間吧，等到有天妳再回頭看時，就會發現這一切根本毫無意義。」**

——「因為，到頭來都只會是一場空而已。」

——「妳誰也留不下。」

為什麼……我留不住任何人呢？

宛如發自內心最深沉的悲鳴，黑色憂傷悄悄從潛伏的陰影爬出、逐漸籠罩全身，葉季玲感覺到一股難以言喻的情緒開始發酵、沸騰，那股攀升的強烈悲傷讓她不自覺紅了眼眶，已經無法明白分辨這些情緒究竟源自於對方還是自己。

明明顫抖的雙手還沒碰觸到對方的髮絲，為什麼自己會產生撕心裂肺的心碎感呢？

那樣的悲慟……到底是誰的？

無限迷惘、徬徨在時間夾縫中交織成一片猶疑，她愣愣地看著自己手上的紅線，以及江黎音那始終溫柔的眼神，最後葉季玲伸手抹去眼角的淚水，待她睜開眼後，眼底的困惑早已轉變為最初的堅定。

因為，她還記得自己想幫助對方的初衷。

葉季玲知道，依現在自身狀況，一旦碰觸到對方的頭髮絕對會被捲入悲傷的漩渦，甚至有可能陷入無可自拔的哀痛當中，但是——

她不想違背自己的心意。

她不希望雙方經過十年的漫長等待卻迎來不盡人意的結局。

就算被月老判出局那也沒關係。

不論是黎音學姊，還是黃瑪學姊。

又或者是一向面惡心善掌管數學補考生殺大權的可惡班導師劉至翰。

她希望大家都能獲得真正的自由。

突然，在一片混亂當中，葉季玲看見一雙往前伸出的手代替她抓住了手上的那條紅線，她訝異地轉頭看向出現在自己身後的那名少年，完全不敢相信對方竟然是自己最意想不到的那個人。

光線穿透水面照射在他的銀白髮絲上，就如同自己當初見到對方時那般閃亮動人，他的眼神難得專注得讓葉季玲忍不住直視，唯一不同的是對方收起了平日的輕佻，只見冷靜的他快速朝江黎音的右手腕綁上一個美麗的結，緊接著原本現出熠熠紅光的紅色絲線發出一道耀眼的光芒。

上方水層驀地泛出一波無聲的巨大漣漪，波光粼粼的水面霎時折射出五顏六色的琉璃彩光，那柔和美麗的金色光束頓時傾瀉而下，照亮了整座池水，和江黎音手中散發金光的墜鍊相互呼應。

一道輕靈的歌聲猛然穿透水面，劃開了她一輩子也解不開的心結，那既熟悉又懷念的聲音就如同記憶中那般純淨且美麗，彷彿就算歷經歲月消磨也無法留下刻鑿的痕跡，當年那曳然而生的花再度於心中悄悄綻放。

終於又見面了呢。江黎音仰望上方，眼裡噙著淚水，似乎想起了那一輩子終究忘不掉的聲音，以及那段曾經於泳池默默陪伴所度過的日子。

雖然不知道你是誰，但我真的很高興還能再聽見你的歌聲哦。

謝謝你，歌聲的主人。

像是一段難以忘卻的時光，江黎音珍惜地擁著手上的鍊墜，她仔細聆聽對方的純淨嗓音以及預告終結的滴答聲，最後選擇昂首跟著開口唱出思念的旋律，然而令她感到意外的是，無法說話的她此刻聽見的卻是從自己喉中發出的聲響。

那是，只屬於她的聲音。

原來，她也能跟著一起唱呢。江黎音笑了，從眼角滑落的晶瑩淚珠如珍珠般閃耀，美麗動人。滴答的聲響在水面上方盪出陣陣波紋，在聲音停止的最後一刻響出一記最宏亮的鐘聲，彷彿宣告一切的結束，江黎音泛著金光的身體逐漸朦朧了起來，悄悄化成一顆又一顆美麗光球往上空飄去。

站在光圈之內，望著江黎音漸漸消失的葉季玲眼裡多了一絲茫然，覺得內心有股異樣情緒將她的心揪得緊緊的，忽然，一顆發出光亮的光球從上空緩緩落下，她下意識攤開手掌，發現那溫暖的光線竟然就這樣落於掌心，待光芒完全褪去後，葉季玲這才發現原來那是一顆美麗的珍珠。

——「別哭了，妳的眼淚就如珍珠那般珍貴，我希望妳能過得快樂。」

——「無論我們在哪一世相遇，別忘了，我的體溫只會為妳燃燒。」

像是塵封於內心深處的記憶，葉季玲感覺到腦海似乎有片段模糊畫面一閃而逝，似曾相識的悸動在她心口迴盪成難以言喻的顫動，她拚了命地努力回想那即將忘卻的影像，然而月老的聲音卻澈底打斷了她的思緒。

「據說，人魚流下的眼淚會化成珍珠呢。」他兩手置於身後、雙眼凝睇遠方，方才施法張開的結界此刻看來多了幾分不可思議。「直到剛剛，恰好是她逝世滿十年的日子，要是今天無法順利離開，那麼她就永遠失去擺脫這裡的機會了。」

彷彿訴說著一段關於彼此擦身而過的故事，月老平靜的聲音難得多了些慨歎。「她用十年的等待換來了想要的結果，雖然過程艱辛了點，不過那樣深刻的情感或許也是一種愛的表現吧，至少彼此都找到了前進的機會。」

「季玲，妳覺得這樣真的值得嗎？」

面對月老的疑問，葉季玲沒有做出任何回應，只是兩眼直勾勾盯著遠方光亮最後消失的地方，以及躺在掌心上的美麗珍珠。耀眼的光澤在光線照射下如同此刻的心境，或許那份愛曾經深刻到讓人感到窒息，不過現在看來，那些過往終將成為過去式。

無論願不願意，每個人最終都得選擇前進，唯有勇敢向前邁進，那些愛才能找到停駐的機會。

葉季玲明白，不同於人魚姬的情節，在故事最後江黎音找到了屬於自己的結局，在學會放手與獲得自由的當下，這一段漫長的旅程終於劃下了句點。

「為什麼你會覺得我是你們要找的人呢？」

體育館外，橘黃色天空掠過數點黑鴉，斜陽將兩抹影子拉得又細又長，在無人的校園中增添了幾分孤寂與蕭索。

柳臣雪臉上一如既往的掛著那抹溫和的笑，繫於左手腕上的紅色絲線逐漸消失，他轉身看向一旁始終保持沉默的項毅展，想要聽聽對方的判斷依據為何。

畢竟當初項毅展跑來找他時，他確實被對方的請託嚇了一跳，因為有些不為人知的祕密直到今天也只有他一人知曉而已。

「依照規定，月老下指示時是不能明講任務內容的，因此自然無法說明紅線究竟該綁在誰身上，祂能做的只有『暗示』，由此來看，這個人就很有可能是我們身邊所認識的人。」

項毅展淡淡地說著：「老師，從上次在花圃那遇見你時我就在猜了，刻意選擇在人煙稀少的地方放聲歌唱，這不太像是一名國文老師會有的舉動吧？因此我猜這或許是柳老師你從前遺留下來的習慣，既然如此，這個習慣有沒有可能從就讀音樂班時就養成了呢？

「我查過了，依照當時的學生人數來看，現在的自強樓不可能是空城，因此合理推斷能夠不被人打擾的最佳地點非體育館旁莫屬了，如果黎音學姊放學後都會留下來在體育館的泳池練習，那麼她有很高的機率聽過你的歌聲，這麼一來這一切就有機會說得通了。」

「真不愧是學生會長，你的推論正確到讓我感到很訝異呢。」柳臣雪望著體育館，似乎回想起當年的往事。「當年黎音溺死的消息傳出後，體育館周圍就被封鎖了，而我直到畢業為止都沒在這裡唱過歌了。」

他頓了半晌，「不過你有沒有想過另一種可能性呢？比如對方刻意刁難你們之類的。畢竟，這世上有些事情是很難說得清的，你們信任彼此的基礎又建立在哪呢？」

「月老不會刁難季玲的。」

一句發自內心的話語如實展現此刻的心情，直視柳臣雪雙眸的項毅展眼裡多了幾分堅毅，即便無法明確說明原因為何，他還是願意相信自己的感受。「月老絕對不會刁難她的。」

「能夠如此篤定自己的想法，想必你一定有什麼根據吧。」柳臣雪微笑，「既然選擇相信，那麼就必須將這個信念貫徹到底，無論未來發生什麼事，我希望你能不忘記自己的初衷，繼續相信著你所信任的人事物。」

最後他思考了一下，表情似乎有些苦惱。「雖然身為老師有很多隱私不該過問，不過說真的，我還是蠻好奇為什麼耶。」

面對柳臣雪的好奇，項毅展沉默不語，只是悄悄將思緒拉到那一天的午後，那次會面是一切的起點，有很多話、很多事至今他依然不明白為什麼，不過他深信對方特地跑來拜託他想必也有自己的考量才對，等到所有事情結束的那一天，也許所有謎團就會解開了也不一定。

至少，他已經確信自己與葉季玲的相遇絕非偶然。

而是一場早已註定的必然。

尾聲

事情結束後，葉季玲發了足足三天的高燒才終於痊癒，雖然事發當下葉季玲並沒有發現身體有任何異狀，而經由項毅展託付、早已在岸邊等著的徐柚華也帶來了一套換洗衣物要對方趕緊換上，但對於甫大病初癒的人來說，再次下水果真是賭命的抉擇。

而這件事後來也被葉季玲的母親碎念了一番，畢竟沒人料到自家女兒去了趟學校後，竟然直接帶著高燒回家，更糟糕的是手邊紙袋裡裝著的還是濕透了的衣服，就算不是小學生愛玩水，做母親的大概也知道發高燒的主因了。

要不是因為當時是項毅展和徐柚華兩人送葉季玲回來，再加上事後柳臣雪以老師的身分來電慰問，葉季玲真心覺得當晚耳朵一定會被自家老媽唸到長繭，在「內憂外患」的情況下，她的病情要是不加重那絕對是祖上有積德的關係。

啊，她已經懶得去思考對方為何會知道自家住宅的電話了，在這個有個資法保護的資訊科技時代，要將資料防護做到滴水不漏根本就是天方夜譚，更別提像是學校還是補習班這樣的存在了。

葉季玲咬了一口土司夾蛋，開始回想這陣子所發生的事，明明才過不到一個月的時間，她卻已經有種歷經世事的感覺，雖然現階段還有很多資訊待消耗，但是至少有些事已經告一段落了，而這同時也讓她不由得想起黃瑀。

在葉季玲躺在床上休養的這幾天，已經搭機離臺的黃瑀託人送了封信來，算是對葉季玲最後伸手拉了自己一把表達感謝之意。

黃瑀為了遵循自己內心的聲音，以及和江黎音的約定，決定回法國繼續發展自己的事業，打算將Eros這個品牌及理念發揚光大，連同對方的份一起努力。因為Eros一直都是為了江黎音而存在，同時也代表了內心最炙熱的情感，唯有將心中的這份缺憾化為動力，停滯的時間才會有前進的可能性。

信中有提到，黃瑀希望葉季玲能代替江黎音成為見證人，待她凱旋歸來時，那就是Eros真正揚名國際、成為時尚龍頭的時候了，到時候她會讓對方看見自己的成長，證明自己不但沒辜負所愛之人的期望，也學會如何堅強與走出悲傷。

信的最後還附上了黃瑀的聯絡方式，她告訴葉季玲雖然她本人並不在臺灣，但日後要是有任何困難或需要都歡迎聯絡她，何況家人都還在臺灣定居，只要一通電話就能解決了，算是對自家學妹的照顧。

畢竟萍水相逢，自是有緣。

看到這裡時，葉季玲真心覺得真不愧是黃瑀的作風，果然既狂妄又霸氣，她知道依對方的性格絕對會是說到做到的那一型，所以她也格外期待對方凱旋歸國的那一天，到那時黃瑀也就真的能如黎音學姊所想的，獲得真正的自由了吧。

另一方面，葉季玲可說是又驚又喜，因為這代表她又結交了一名新朋友，不管怎麼說都是件值得高興的事，這不由得提高了她的士氣，病情也好了一大半。

將最後一口牛奶灌下肚後，準備出門上學的葉季玲突然想起那本月老教戰手冊似乎還擺在書桌上，雖然這不是什麼大事，但是她已經習慣每天都將手冊帶在身上了，所以一時之間總覺得有哪裡不太對勁，於是葉季玲想了又想後，最後還是決定上樓把它收進書包內。

然而當她打開門的那一瞬間，一本粉紅色的厚厚手冊突然出現在眼前，只差幾公分就會打到自己的鼻尖。

只見許久不見的月老像往常一樣出現在葉季玲的房間，唯一不變的是那美麗的銀白髮絲與眉間所流露出來的傲氣，他身上不復平日的輕佻，將本子遞給葉季玲時，只冷冷地說了一句：「妳忘了帶。」

「喔……謝謝。」葉季玲愣愣接下手冊，一時之間卻不知道該說什麼才好。

其實葉季玲想過很多種相遇的情況，卻沒想到是在這種情況下再度碰面，在人魚姬事件中，月老在關鍵時刻出現一直是她始料未及的事，然而誰都沒想到的是事情解決完畢後月老竟然就這樣消失了。

原本葉季玲還想向月老道謝，感謝對方最後的出手相助，殊不知還沒來得及開口對方就先一步走人了，想當然耳葉季玲發燒的這幾天月老也從來沒現身過，有一瞬間她覺得月老是不是已經打算放棄自己了，所以才會選擇避不見面。

或許是因為先前的不歡而散在心裡產生了疙瘩，葉季玲此時此刻也不曉得該如何開口打破彼此的沉默，她知道自己必須說點什麼，心裡才不致於感到如此難受，然而就在她欲言又止時，月老終於說話了。

「幹嘛？還不去學校上課是想遲到跑操場嗎？」

月老那一如往常的諷刺口吻，不知道為什麼讓葉季玲整個人放鬆了起來，就算她知道對方老是把自己當笨蛋看，但是只要聽到對方的聲音，她就沒來由感到安心許多。

或許，這就是所謂的信賴也不一定。

「那個……謝謝你後來的幫忙。」

「喔。」

「還有，謝謝你最後沒有放棄我。」

「喔。」

「那個，我這次的任務表現，還算可以嗎？」

月老不語，只是別過頭來，用下巴指了指葉季玲手上的那本手冊。

呃，這是已經慘到無法言語的意思嗎？葉季玲尷尬地愣在原地，大概沒料到原來自己的表現已經脫離差強人意的水準一大截了，那麼月老還願意出現在這裡，是否說明了她還有補考的機會呢？

「我是叫妳自己翻開手冊來看！連這點暗示都看不懂，妳是要我如何放心妳能成為獨當一面的月老代理人？」

見葉季玲遲遲沒動作，外加一臉會錯意的模樣，月老感覺自己的白眼已經卡在後腦勺翻不回來了，他伸手搶過葉季玲手上的手冊，將它翻到指定頁面後直接狠狠地貼在葉季玲的臉上，而後者則是痛得開始哇哇大叫。

「你這黑心月老是不會直接說白話文嗎？弄得像謎一般的神諭我最好會懂啦！還有，這和能不能獨當一面根本就是兩回事！……欸，合、合格？」

看到人魚姬任務的那頁，右下角蓋了一個合格的金色章印，這讓葉季玲感到相當錯愕，只能瞪大雙眼來回檢查這合格二字究竟是真是假，以免只是一場夢讓她空歡喜一場。

原本葉季玲以為自己可能要被淘汰出局了，沒想到月老竟然讓她及格了，這不是在作夢吧？葉季玲用力捏了一下自己的臉頰，等確實感受到疼痛後，這才相信原來這一切都是真的。

「別捏了，妳臉已經夠大了，再捏下去妳的臉就要變形了。」月老睨了對方一眼，眼神中充滿了關愛。「照這樣的發展來看，妳的姻緣大概只能從愛吃大餅的人裡頭下手了。」

「……你就不能好好稱讚我一下以表示鼓勵嗎？你這種扭曲的心態要改！還有，不要以為我聽不出來你在損我！」

「先別高興得太早，這只是第一個任務而已，別忘了後頭還有許多難題正等著妳解決。不過要我稱讚妳也是可以啦，以妳的資質來說這次表現得倒還算可以，就好好保持下去吧。」

「……就這樣？」

等了老半天，葉季玲原本以為月老嘴巴雖然比較賤，但看在她這麼努力的份上，至少會吐出一、兩句勉勵性質的話語吧，沒想到還真的只有兩句話總結，就只是讚美而已，難道真的有這麼困難嗎？

「要不然妳還想哪樣？」

「你讚美我一下會死喔？」

「是不會，但我怕妳待會跑操場跑到死。」

坐在椅子上的月老看了桌上的鬧鐘一眼，隨後單手撐著下巴，看起來相當氣定神閒。「距離安全上壘，只剩下二十分鐘。」

古岸切！為什麼那個黑心月老知道劉至翰有罰遲到的人跑操場的習慣啊啊啊啊啊啊——

在月老含笑目送下，葉季玲悲憤地抓起書包趕緊衝下樓，離去時她彷彿還能感受到對方那沒良心的笑聲以無聲之姿於四周迴盪，她葉季玲對天發誓，之前會感到安心什麼的絕對通通都是錯覺！

就在葉季玲一邊衝刺、一邊思索該如何把十五分鐘的路程縮短時，一個身影猛然從背後拍了一下她的肩膀，等一見到來者是誰後，葉季玲真心覺得自己遇見了救星。

「上來吧，反正只要不騎進學校，就不能說我雙載。」

只見平時號稱早鳥派的徐小蕙難得在這時間點出現，她笑嘻嘻地放慢腳踏車速度要載對方一程，而葉季玲見狀後則是二話不說，直接感激地跳了上去，如此一來就不必擔心被罰跑操場了。

「這次的任務結果，月老還滿意吧？」

「別提了，我看對月老來說合格是一回事，但滿意又是另一回事。小蕙，是不是所有神明都這麼難搞、標準特別高啊？」

「那可不一定，畢竟現階段妳只有遇到月老逼妳打工還債而已，要是妳願意多踩斷幾條紅線，說不定其他神明就會看在憐憫妳的份上跑出來幫妳，到時妳就會發現真相了呢。」

「……徐小蕙感謝妳提供寶貴的建議，妳那想看戲兼收集資料的心情還真是顯露無疑啊。」

「唉呀，妳可別這麼說，畢竟我可算是目睹全程經過的見證人，當然會想看到結局囉。」

「才怪，妳這人就只是想收集八卦而已。」

徐徐的風迎面吹來，腳踏車也正朝著目的地緩緩前行，坐在後座的葉季玲可以感覺到風裡夾雜著兩人的碎語與嬉鬧聲，而在這樣靜謐的時光中，她突然聽見徐小蕙朝著空中大喊，那朝氣十足的聲音讓人聽了不自覺感到熱血沸騰，振奮人心。

「在下一個任務來之前，我們都要好好休息、養精蓄銳，然後一起fighting！」

是啊，在下一個任務來之前，得先做好準備才行。葉季玲的嘴角悄悄揚起，也跟著徐小蕙開始開心地大吼了起來，只因無論今後遇到什麼困難，她身邊一定都會有那麼一個人，陪伴她共同度過難關。

在這嶄新的一天，新的希望不曾殞落，而我們也將延續各自的執著，繼續向前邁進。

（全書完）

要青春71　PG2456

要有光
FIAT LUX

代理月老的少女

作　　者	燈　貓
責任編輯	喬齊安
圖文排版	陳秋霞
封面插畫	唯　莎
封面完稿	王嵩賀

出版策劃	要有光
發 行 人	宋政坤
法律顧問	毛國樑　律師
印製發行	秀威資訊科技股份有限公司 114台北市內湖區瑞光路76巷65號1樓 電話：+886-2-2796-3638　傳真：+886-2-2796-1377 http://www.showwe.com.tw
劃撥帳號	19563868　戶名：秀威資訊科技股份有限公司 讀者服務信箱：service@showwe.com.tw
展售門市	國家書店（松江門市） 104台北市中山區松江路209號1樓 電話：+886-2-2518-0207　傳真：+886-2-2518-0778
網路訂購	秀威網路書店：https://store.showwe.tw 國家網路書店：https://www.govbooks.com.tw
總 經 銷	聯合發行股份有限公司 231新北市新店區寶橋路235巷6弄6號4F 電話：+886-2-2917-8022　傳真：+886-2-2915-6275

出版日期	2020年9月　BOD一版
定　　價	300元

國家圖書館出版品預行編目

代理月老的少女 / 燈貓著. -- 一版. -- 臺北市 :
要有光, 2020.09
面； 公分. -- (要青春 ; 71)
BOD版
ISBN 978-986-6992-53-7(平裝)

863.57 109012035

讀者回函卡

感謝您購買本書，為提升服務品質，請填妥以下資料，將讀者回函卡直接寄回或傳真本公司，收到您的寶貴意見後，我們會收藏記錄及檢討，謝謝！

如您需要了解本公司最新出版書目、購書優惠或企劃活動，歡迎您上網查詢或下載相關資料：http:// www.showwe.com.tw

您購買的書名：________________________________

出生日期：________年________月________日

學歷：□高中（含）以下　□大專　□研究所（含）以上

職業：□製造業　□金融業　□資訊業　□軍警　□傳播業　□自由業

　　　□服務業　□公務員　□教職　□學生　□家管　□其它______

購書地點：□網路書店　□實體書店　□書展　□郵購　□贈閱　□其他

您從何得知本書的消息？

□網路書店　□實體書店　□網路搜尋　□電子報　□書訊　□雜誌

□傳播媒體　□親友推薦　□網站推薦　□部落格　□其他__________

您對本書的評價：（請填代號　1.非常滿意　2.滿意　3.尚可　4.再改進）

封面設計____　版面編排____　內容____　文／譯筆____　價格____

讀完書後您覺得：

□很有收穫　□有收穫　□收穫不多　□沒收穫

對我們的建議：________________________________

____

____

____

請貼
郵票

11466
台北市内湖區瑞光路 76 巷 65 號 1 樓
秀威資訊科技股份有限公司 收
BOD 數位出版事業部

....

（請沿線對折寄回，謝謝！）

姓　　名：＿＿＿＿＿＿＿＿＿＿　年齡：＿＿＿＿　性別：□女　□男

郵遞區號：□□□□□

地　　址：＿＿＿＿＿＿＿＿＿＿＿＿＿＿＿＿＿＿＿＿＿＿＿＿＿＿

聯絡電話：(日)＿＿＿＿＿＿＿＿＿＿＿＿　(夜)＿＿＿＿＿＿＿＿＿＿＿＿

E-mail：＿＿＿＿＿＿＿＿＿＿＿＿＿＿＿＿＿＿＿＿＿＿＿＿＿＿＿